Luis

Das erste ist das schwerste

Hubert Berger

Luis

Das erste ist das schwerste

Die ersten zwölf Monate aus Sicht eines Neugeborenen

Babygraphie

Impressum

2. Auflage

Umschlagsgestaltung: Marius Moll

Herstellung und Verlag:

BoD – Books on Demand, Norderstedt

ISBN: 9783752648188

Vorwort

Millionen von Müttern, Vätern, Großeltern, Tanten und Onkeln haben ein Problem! Wenn ein neugeborenes Baby zu weinen beginnt, ist der eigentliche Grund oft nur schwer zu erraten. Es gibt 50 Gründe, warum Babys weinen, quengeln oder schreien. Darunter die richtige Ursache zu finden ist enorm schwer, deshalb werden in der Regel meist nur vier Gründe herangezogen. Der meist vermutete Ansatz ist Hunger, als häufigste Fehldiagnose wird daher eine Flasche gereicht. An zweiter Stelle steht das Wechseln der Windel, um das Kind zu beruhigen. Als weitere Fehleinschätzungen kommen Blähungen und ab dem fünften Monat noch das Thema Zähne dazu. Es ist richtig, dass all diese Beispiele bei 50% der Babys passen und das Kind sich auch beruhigt, aber wie gehen Sie mit den zweiten 50% um, wenn das Unbehagen bleibt? Diese Frage wird Ihnen Luis, der Held unserer Geschichte, anhand von einfachen Beispielen beantworten.

Neben den Kommunikationsproblemen haben unsere lieben Kleinen eine weitere Herausforderung zu überstehen: sie werden maßlos unterschätzt! In keiner Phase des Lebens lernt der Mensch so viel

Neues wie im ersten Lebensjahr. So können viele der kleinen „Hosenscheißer" nicht verstehen, dass der Erwachsene ganz normalen Alltäglichkeiten eine völlig andere Bedeutung zukommen lässt. Uhren werden zu „Tick tack", Kühe heißen auf einmal „Muh" und aus dem Polizeiauto wird ein „Tatü, tatü". Kein Wunder, dass viele Babys wegen dieser Irritationen erst wesentlich später zu sprechen beginnen.

Neben den erwähnten Klarstellungen birgt ein erstes Lebensjahr noch eine Menge weiterer Missverständnisse, die Ihnen Luis aus seiner Sicht sehr plausibel und amüsant aufzeigen wird. Sie werden überrascht sein. Neben den Erlebnissen von Luis wird dem Leser auch fundamentiertes, ärztliches Fachwissen vermittelt. Viel Spaß beim Lesen.

Mein Name ist Luis. Ich bin heute ein Jahr alt geworden, kann zwar noch nicht sprechen, aber inzwischen schon gut hören und sehen. Auch mein Geruchssinn ist gut entwickelt und sogar meine Gedanken kann ich bereits ordnen, was mich auf die Idee gebracht hat, Tagebuch über mein erstes Lebensjahr zu führen.

Meine Geburt

Es begann im Mutterleib in völliger Dunkelheit und in sehr feuchter und enger Umgebung. Mein Körper war noch nicht definiert, über mehrere Monate langweilte ich mich sehr, auch wenn ich mit zunehmender Zeit Veränderungen an mir feststellen konnte. Nach sechs Monaten konnte ich bereits fingerähnliche Ansätze und auch Knubbel-Zehen erkennen, selbst der Schniedel hatte zu wachsen begonnen, was darauf hindeutete, dass ich ein Junge werden würde.
In den folgenden drei Monaten wurde es immer enger um mich herum, ich hatte kaum mehr Platz und konnte mich nicht mehr drehen. Zudem

bemerkte ich, dass von außen immer wieder Hände auf den Bauch meiner Mutter drückten und mich in meiner Behausung noch weiter einengten. Kurz bevor die neun Monate in behüteter Umgebung zu Ende waren, konnte ich am unteren Ende meiner knapp bemessenen Wohnung einen hellen Spalt erkennen.

In den nächsten Tagen wurde die Dauer des Lichteinfalls länger, bis plötzlich eines Tages eine bis dahin nicht erklärbare Hektik aufkam. Wehen, ein mir bis dahin nicht bekanntes Phänomen, begannen mich mit massivem Druck in Richtung Lichtspalt zu drücken.

Aber so einfach war die ganze Sache nicht. Der Druck der Wehen auf meine schwachen Schultern wurde durch die Atemtechnik meiner Mutter noch vergrößert, der kleine, helle Spalt öffnete sich jedoch nicht weiter. Allmählich drangen die ersten Worte an meine bereits gut ausgeprägten Ohren. Am Ausgang empfingen mich ein fürchterliches Stöhnen und befehlsartige Laute wie „drück, drück, drück", nur unterbrochen von sehr lauten, schmerzhaften Schreien meiner Mutter. In der noch immer viel zu kleinen Öffnung blieb ich zunächst hängen, mit einem großen Ruck wurde ich dann jedoch gewaltsam aus meiner Behausung gezogen.

Auf einmal verstummten die Schreie und machten einem tiefen, ruhigen Atmen Platz. Schnelle und geschickte Hände hoben mich zu meinem Schrecken in die Höhe, zu meiner Beruhigung sah ich dann aber die Nabelschnur, die mich noch mit meiner Mutter verband und mir das sichere Gefühl vermittelte, dass ich jederzeit wieder in meine enge, sichere Wohnung zurückkönnte, wenn es mir in der hellen und hektischen neuen Welt nicht gefallen sollte. Mein Problem ist, dass ich noch nicht richtig sehen, sondern nur gewisse Umrisse erkennen kann. Daher konzentriere ich mich auf das Hören.

Die Laute klingen hier im Freien nicht mehr so dumpf wie in meiner engen Wohnung. Jetzt kann ich jedes Wort deutlich verstehen. Großartig! „Süß, hübsch, ein strammer kleiner Bub, ein Engelchen usw..". Ich war mit meinen Beobachtungen noch nicht zu Ende, als mir der Rückweg in den Bauch meiner Mutter auf drastische Weise entzogen wurde. Die Verbindung wurde mit einem Schnitt gekappt und so bin ich jetzt in der neuen Welt zuerst einmal auf mich allein gestellt.

Liebevoll werde ich in ein weiches Tuch gewickelt und meiner Mutter, die immer noch im Bett liegt, in die Arme gelegt. Liebevolle und sehr vorsichtige Berührungen geben mir Geborgenheit, die ich auch sehr nötig habe, da mir meine letzte Bleibe auf so brutale Art gekündigt wurde. Jetzt höre ich eine tiefere Stimme im Raum. Wer könnte das sein? Die tiefe Stimme spricht nur liebe und schmeichelnde Worte zu uns. Meine Mutter atmet inzwischen wieder normal und nimmt die Huldigung der tiefen Stimme gerne entgegen. Der Inhaber der tiefen Stimme berührt mich liebevoll, streicht mir über den Kopf und sagt dann ganz begeistert: „Der Knabe hat schon mehr Haare auf dem Kopf als ich." Was auch immer Haare sind, ich finde es großartig, dass sie zu mir gehören.

Eine weitere, mir nicht bekannte Stimme gratuliert den glücklichen Eltern zum gesunden Nachwuchs. Die Begriffe Eltern und Nachwuchs sind mir neu, daher kann ich nur vermuten, dass eines der Worte mir gilt. Gerade habe ich es mir gemütlich gemacht, da werde ich aus der weichen Decke genommen und auf eine Kunststoffwippe gelegt, bei der ein Display mit Zahlen stehen. Völlig nackt und hilflos liege ich in der mit einem weichen Tuch ausgelegten Schale. „Dreitausendvierhundertsiebzig Gramm", höre ich die Stimme sagen. Nachdem man mir meine kleinen Füße nach unten gezogen hat, kommt eine weitere Zahl ins Spiel. Achtundvierzig Zentimeter. Nach der anstrengenden Prozedur wird es wieder ruhiger und mir wird eine weiche gepolsterte Hose angezogen. Darüber streift man mir eine Art Overall über. In diesem Aufzug werde ich wieder in die Arme meiner Mutter gelegt.

Sie hält mich fest im Arm und mir ist schön behaglich. Sie sagt nichts und trotzdem fühle ich eine große Zuneigung zu ihr. Der angenehme Zustand lässt mich in eine Art Schlaf sinken. Erst ein Leeregefühl in der Magengegend lässt mich langsam wach werden und ich kann wieder Stimmen hören. „Du solltest ihm deine Brust geben, damit er daran nuckeln kann"! „Wie macht man das", höre ich als Antwort. „Das ist doch ganz einfach" höre ich eine weitere Stimme.

Parallel zu den Gesprächen führt man mein kleines Köpfchen an eine weiche, wohlgeformte Erhöhung, die im oberen Brustbereich meiner Mutter liegt. Beim Herumdrehen erkenne ich im Augenwinkel leicht verschwommen eine zweite Erhöhung, identisch mit der erstgenannten. Man führt meinen Mund an eine etwas festere, knopfähnliche Erhöhung. Mein Instinkt gibt mir einen Saugimpuls ein, der sofort umgesetzt wird und ich beginne sofort, mich mit heftigen Zügen an der Saugstelle zu ernähren. Das Leeregefühl in meinem Magen verschwindet und ich gelange gleich wieder in den Wohlfühlbereich.

Dieser Vorgang wiederholt sich in der nächsten Zeit immer wieder. Schlafen, Hungergefühl, Nuckeln und wieder schlafen. Am nächsten Tag kommt eine weitere Handhabung dazu. Die weiche gepolsterte Hose ist regelmäßig feucht und wird mir nach jedem Aufwachen ausgezogen und durch ein neue ersetzt. Gelegentlich liegt eine weiche, warme und streng riechende Masse in der Hose. Diese Hose wird auch Windel genannt. So werde ich sie in Zukunft wohl auch nennen. Der Begriff Tag und Nacht wird von mir als Hell und Dunkel definiert.

Obwohl meine Augen noch nicht die Schärfe haben, um mir eine optische Zuordnung der Stimmen zu geben, kann ich doch die Umrisse allmählich besser zuordnen. In den nächsten Tagen kommen immer wieder unterschiedliche Stimmen in das Zimmer, um mich zu sehen. Neue Begriffe gelangen an meine Ohren, die ebenfalls eine logische Zuordnung verlangen. Opa, Oma, Vater, Stammhalter und auch kleiner Scheißer kann ich gut hören, habe aber keine Ahnung, wer oder was sich dahinter verbirgt. Zudem hat man mir ein Armbändchen umgebunden, auf dem Buchstaben und Zahlen zu lesen sind. Auch hier muss ich passen. Aber solange ich schlafen und ich mich an den weichen, wohlgeformten, kugelförmigen Erhebungen ernähren kann, ist die Welt für mich in Ordnung. In dieser Wohlfühlphase kommt nach geraumer Zeit jedoch eine gewisse Unruhe auf.

Erster Monat

Meine Mutter packt alle herumliegenden Gegenstände zusammen und legt diese in sogenannte Taschen. Auch die tiefe Stimme ist jetzt im Zimmer, nimmt mich in den Arm, liebkost mich sehr herzlich und setzt mir eine Kopfbedeckung auf. Wenig später verlassen wir unser Zimmer und gehen über einen sehr breiten Flur in einen großen Vorraum. Dort drückt meine Mutter mit ihrem Finger auf einen Knopf mit einem Zeichen, das ich noch nicht zuordnen kann. Wie von Geisterhand öffnet sich eine große Tür mit Wänden, in denen man sich selbst sehen konnte. Wow! Wieder drückt meine Mutter einen Knopf, wieder schließt sich die große Türe. Sekunden später bewegt sich der Spiegelraum ruckartig nach unten.

Nach kurzer Zeit öffnet sich die Türe abermals wie von Geisterhand. Wir sehen einen großen Raum, indem mir unterschiedliche Stimmen entgegen-kommen, ohne dass ich auch nur ein Wort verstehe. Wir gehen einer weiteren Öffnung entgegen. Auch diese Türe öffnet sich wieder von allein. Kurze Zeit später setzen wir uns in einen kleinen Raum, der nur Sitze und ein rundes Rad beinhaltet.

Vier Räder, die außen befestigt sind, geben dieser Behausung eine Möglichkeit, sich komfortabel fortzubewegen. Minuten später erkenne ich eine Vielzahl dieser rollenden Kisten. Einige fahren mit uns, andere kommen entgegen. Das gefällt mir! Ich bin in eine enge Tasche gelegt worden und kann neben dem Gespräch meiner Eltern auch etwas Melodisches aus verschiedenen kleinen Löchern hören.

Später werde ich wohl Lautsprecher dazu sagen. Nach geraumer Zeit bleiben wir stehen. Als die Autotür geöffnet wird, weht ein kalter Wind herein und meine Stupsnase und meine kleinen Händchen kommen das erste Mal mit kalten Temperaturen in Kontakt. Schnell kommt meine Mutter herbei, nimmt mich in den Arm und trägt mich an die Türe eines mir unbekannten Hauses und öffnet diese mit einer Art Schlüssel. Ich verstehe nicht, warum sich diese Türe nicht automatisch öffnet wie im Krankenhaus. Na ja, meine Eltern werden schon Gründe haben, dass sie die Türe mit den Händen öffnen. Fast zeitgleich kommt die tiefe Stimme nach uns in den Flur und stellt zwei Taschen auf den Boden. Immer noch eingehüllt in eine kuschelige Decke schreitet meine Mutter vorsichtig mit mir im Haus umher.

Nach der Willkommenszeremonie legt man mich in eine liebevoll gestaltete Wiege und lässt mich für kurze Zeit allein. Diese Ruhe tut mir gut, denn so kann ich alles noch einmal sacken lassen. Durch ein leichtes Bewegen meiner Liege überkommt mich ein Gefühl, das meine Augen langsam schließt und mich in den Schlaf sinken lässt.

Durch ein immer stärker werdendes Hungergefühl wache ich auf und sehe niemanden um mich herum. Diese Tatsache setzt bei mir den Schreiinstinkt frei und so verlassen die ersten schrillen Töne mein süßes Mündchen. Fast zeitgleich stehen meine Eltern (ich nenne sie mal so) vor mir und schauen mit großen Augen auf meine erste Aktion. „Warum weint er?" höre ich meine Mutter sorgenvoll fragen. „Er wird wohl Hunger haben", höre ich meinen Papa spontan antworten. Soll ich ihm die Brust geben"? „Na klar, die Muttermilch ist immer das Beste für das Kind", höre ich meinen Vater antworten. „Aber er hat mir doch im Krankenhaus die Brust wund gebissen", kommt mir sofort eine gewisse Ablehnung entgegen. Erleichtert antwortet mein Papa, "dann machen wir ihm eine Flasche"! Ich liege auf dem Rücken, mein Hungergefühl wird immer größer und die beiden verhandeln noch immer über die Art und Weise meiner Essensaufnahme.

Um dem Ganzen noch einmal die erforderliche Dringlichkeit zu geben, weine ich sehr bitterlich und streue noch ein paar Schluchzer ein, damit die Verantwortlichen endlich den Ernst der Lage erkennen und mir meine zustehende Nahrung zukommen lassen. Meine spontane Attacke verfehlt ihre Wirkung nicht.

Sofort erhalte ich ein lauwarmes Fläschchen mit einem Gummisauger. Erwartungsvoll erwarte ich die Hinführung an mein Mündchen. Doch bevor ich endlich gestillt werde, lässt meine Mutter einige Tropfen auf ihren Handrücken fallen, um die Temperatur zu prüfen. Auch diese letzte Schikane lasse ich noch über mich ergehen, dann ist es endlich soweit. Ich bekomme mein Wunschobjekt in den Mund gesteckt und ohne dass es mir jemand gezeigt hat, fange ich heftig an dem Kunststoffsauger zu ziehen an. Ich muss meine gesamte Kraft aufbringen, um ein bisschen Flüssigkeit in meinen Mund zu bekommen. Hier staut es sich und kurz bevor der Schluckreflex einsetzt, wäre mir die Milch fast aus dem Mund gelaufen. Nach ein paar Minuten funktioniert der Vorgang jedoch bereits recht gut. Im gleichen Verhältnis wie ich die Milch einsauge, schlucke ich sie in meinen kleinen Rachen. Mein Hungergefühl verschwindet langsam und so ich kann die kraftraubende Prozedur des Saugens wieder einstellen. Ich verstehe nicht, dass man in den Sauggummi nur ein so kleines Loch gestochen hat. Aber lassen wir es mal gut sein.

Nach lobenden Worten meiner Eltern: „Luis, das hast du gut gemacht, das war deine erste Mahlzeit zu Hause"! Die lobenden Worte noch in meinen Ohren, werde ich in den Arm genommen und an den Oberkörper meines Papas gehalten. Er klopft mit seinen Händen vorsichtig auf meinen Rücken. „Was soll denn das?", denke ich für mich, als plötzlich aus meinem Inneren eine gut hörbare und etwas streng riechende Luftblase meinen Körper verlässt. Meine Eltern sind sehr begeistert von meinem Reflex, der, ohne mich zu fragen, einfach nach oben kam, um mich von einem leichten Druck zu befreien. Sie sprechen von einem „Bäuerle".

Mit dem Begriff kann ich noch nichts anfangen, werde ihn aber mal speichern. Anschließend werde ich noch ein bisschen durchgereicht, denn mittlerweile sind noch zwei weitere Personen im Zimmer erschienen.

Meine Mutter spricht mich mit den Worten an: „Luis, das sind deine Großeltern, deine Oma und dein Opa"! Ohne auf eine Reaktion von mir zu warten, werde ich dem Opa und dann der Oma in die Arme gelegt. „Irgendwie schauen die etwas anders aus", denke ich für mich, ohne aber der Sache sofort auf den Grund zu gehen.

Die Hände sind nicht so geschmeidig, die Gesichter haben ein Paar kleine Vertiefungen und auch die Haare haben keine Farbe. Zudem fehlt einem der beiden schon eine ganze Menge davon. „Das soll aber nicht mein Problem sein", denke ich für mich und lasse die Prozedur des Kennenlernens erst einmal weiter über mich ergehen.

Es kommt zu einer Art Bestandsaufnahme. „Die Nase hat er von der Mutter, die Lippen von der Tante, die Ohren vom Opa", höre ich aus der Runde und selbst meine Hände werden einem weiteren Verwandten zugeordnet. Parallel zur Gesichtsbeschreibung packen meine Eltern aus buntem Geschenkpapier kuschelige Plüschtiere aus. An einem ist eine kleine Schnur befestigt. Wenn man daran zieht, kann man eine Melodie hören. Die hellen Töne sind nicht mein Geschmack, aber Papa, Mama, Oma, Opa und ich hören das Kinderlied dennoch bis zum Ende an. Der munteren Tonfolge verpassen die vier noch einen Text und ich muss einen vierstimmigen, unharmonischen Gesang über mich ergehen lassen. Geduldig ertrage ich diese Darbietung, als aber der Opa ein fünftes Mal am Strick zieht, reicht es mir. Ich erinnere mich, wie ich bei meiner Ankunft im Haus die Nahrungsaufnahme erzwungen habe.

„Der Trick wird schon ein zweites Mal funktionieren", denke ich für mich und fange erneut laut zu schreien an. Mit diesem klugen Schachzug kann ich die Spieldose zum Schweigen bringen. Nur langsam lasse ich mich beruhigen, aber sofort herrscht eine andere Stimmung im Raum. Alle wollen mich durch unterschiedliche Gesten beruhigen, haben aber keine Chance, da mir der momentane Zustand so gut gefällt und ich mich noch eine geraume Zeit als Taktgeber sehe. Minuten später habe ich ein Einsehen mit meinem Umfeld und beruhige mich schluchzend. Alle sind zufrieden. Meine Eltern erhalten von meinen Großeltern noch ein paar gute Verhaltensregeln, wie man bei ähnlichen Vorfällen mit der Sache umgehen sollte.

Kurze Zeit später verabschieden sich die Großeltern von mir und ich habe jetzt nur noch zwei, bei denen ich mich zwischenzeitlich mal durchsetzen werde. Nach der großen Aufregung werde ich in die Wiege gelegt.

Wenig später fallen mir die Augen zu und ich versinke in einen tiefen Schlaf. Dort verarbeite ich das neu erlebte und schlafe solange, bis sich bei mir das Hungergefühl wieder meldet. Als ich meine Augen öffne, ist alles dunkel um mich herum. Ein leicht beklemmendes Gefühl beschleicht mich und bevor es noch schlimmer wird, setze ich mein momentan wichtigstes Organ ein. Voller Inbrunst schreie ich meine Eltern herbei. Ich lasse mich auch nicht beruhigen, als man mich in den Arm nimmt und mich liebkost.

Zudem höre ich meinen Vater sagen: „Der Bub stinkt"! Kurze Zeit später liege ich schon auf dem Rücken. Aus meinem lauten Weinen ist mittlerweile ein leises Schluchzen geworden. Etwas unsicher und unbeholfen öffnet man mir meinen Strampelanzug. Als man mir dann die gepolsterte kurze Hose öffnet, empfängt meine kleine Nase einen nicht übel duftenden Geruchsnebel. „Ih, das riecht ja fürchterlich", sage ich zu mir und schäme mich fast noch dafür. Parallel zu meinen Gedankengängen wird die weiche Masse in die Windel gerollt, mein Hintern mit einem feuchten Tuch gereinigt und anschließend noch mit einer Creme eingerieben.

Die neue Windel passt gut und auch das Ankleiden der Strampelhose geht problemlos vonstatten. Aber das wichtigste ist die Tatsache, dass mein Vater bereits die Flasche in der Hand hält, um mich mit einem lauwarmen Milchmischgetränk zu verköstigen.

Nach der Nahrungsaufnahme werde ich wieder in die Senkrechte gebracht und mit leichtem Klopfen auf meinen Rücken zum „Bäuerle machen" animiert. Als der Reflex abermals die Luft geräuschvoll entweichen lässt, ist die Erleichterung bei uns allen sehr groß.

Diese Vorgänge wiederholen sich in der nächsten Zeit immer wieder, schnell sind das Flaschentrinken, „Hosepupsen" und erneutes Wickeln zur Routine geworden. Tage später werde ich in meine Babytasche gelegt. Meine Mutter trägt mich sehr vorsichtig vor die Türe und verstaut mich dann anschließend im Auto. „Ihr wisst schon noch was ein Auto ist?" Eine rollende Kiste mit vier Rädern! Da mir jetzt der Begriff „Auto" bekannt ist, kann ich besser damit umgehen. Auf dem Rücksitz liegend höre ich der Unterhaltung meiner Eltern zu und erfahre, dass wir heute wieder in mein Geburtshaus, das Krankenhaus fahren. Dort soll es meine erste Untersuchung geben. Minuten später parken wir vor dem großen Haus und in der Tasche liegend betrete ich den Untersuchungsort.

Es geht mit dem anfangs noch kleinkindlich beschrieben Aufzug in die Kinderstation. Dort werden wir schon erwartet. Neben einem älteren Gesicht schaut auch ein hübsches weibliches Gesicht auf mich herab. Man stellt mich auf einem Tisch ab und überlässt mich mir selbst. Meine Eltern, der Arzt und die Kinderkrankenschwester unterhalten sich über belanglose Sachen. Für mich ist die Situation nicht sehr zufriedenstellend und so werde ich wohl in Kürze mein einziges, aber sehr effektives Kommunikationsmittel einsetzen. Mit meinem lautesten Sirenengeräusch beende ich die kleine Diskussionsrunde und lenke zwangsläufig die Aufmerksamkeit wieder auf mich.

Nachdem ich im Arm der Kinderkrankenschwester liege, reduziere ich meinen Lärmpegel und schenke ihr sogar ein kleines Lächeln. Minuten später liege ich mit dem Rücken auf einem Tisch und werde von allen Umstehenden beäugt. Der Arzt drückt mit seinem Finger in meine Magengegend, misst mit einem Maßband die Gliedmaßen ab, diktiert der Schwester mehrere Worte und lässt nach geraumer Zeit wieder von mir ab.

Die aus den Untersuchungen gewonnenen Erkenntnisse werden sehr sorgfältig in meinen Kinderpass eingetragen. Länge: 49 cm, Kopfumfang 35,5 cm, Gewicht 3.320 Gramm! Das Abschlussgespräch bestätigt meinen Eltern und mir eine in allen Belangen robuste Gesundheit. Gut gelaunt verlassen wir den Behandlungsraum und fahren zusammen wieder in mein neues Zuhause.

Im Auto sprechen meine Eltern über ihre Erfahrungen meiner ersten Lebenswoche. Das mit der Ernährung, dem im Stundentakt anfallenden

Fläschchen geben, stört sie überhaupt nicht, im Gegenteil, sie genießen es, wenn ich an der Flasche trinke und ihnen zum Dank immer wieder ein „Bäuerlein" schenke. Es nervt sie jedoch, wenn ich nachts wach werde und dann zu quengeln anfange.

Die Sorgen sind meines Erachtens berechtigt, denn wenn ich in die Augen meiner hübschen Mutter blicke, erkenne ich bereits große Augenringe. Bevor wir wieder zuhause sind, überlege ich mir daher ernsthaft, diese nächtlichen Störattacken etwas seltener zu setzen, um meinen Eltern mehr Schlaf zu schenken. Zuhause angekommen werde ich gefüttert und in mein Bettchen gelegt. Ich stelle mich schlafend und bekomme dadurch alle Telefonate mit, die meine Mutters mit unterschiedlichsten Menschen führt. In allen Gesprächen ist eine große Erleichterung zu spüren, wenn es um meine Gesundheit geht. Offensichtlich ist meine Mutter auch mächtig stolz, dass bei mir alles normal erscheint und keine Ansätze zu erkennen sind, bei denen es zu Folgeschäden kommen könnte.

Mehr oder wenig langweilig oder nicht aufregend vergehen die nächsten Tage. Schlafen, pupsen, wickeln, nuckeln, lachen, schreien (nur wenn ich etwas nicht bekomme) und mit Plüschtieren spielen begleiten meinen Tagesablauf. Fast täglich bekommen wir Besuch. Es kommen die unterschiedlichsten Menschen. Große, kleine, alte, junge, dicke, dünne, blonde und auch schwarzhaarige sind darunter. Immer ist es das gleiche Prozedere.

Meine Mutter hält mich auf dem Arm, mein Vater geleitet den neugierigen Besuch ins Haus. Obwohl sie ihre Winterjacken noch gar nicht abgelegt haben, kommen sie (meistens ist es eine Frau und ein Mann) auf mich zu, fangen mit den Händen an zu gestikulieren und bringen komische Laute aus ihrem Mund. Neben Wortfetzen wie „Dudi Dudi" oder „uijujui" erheben sie meist ihre Stimme und wedeln mit den Händen vor meinem Gesicht. Warum können die mich nicht normal ansprechen? Diese Frage werde ich mir in der nächsten Zeit noch mehrmals stellen müssen. Nach dem „kindischen" Begrüßungsakt werde ich in meine Liege gelegt. Kaum lassen die Besucher von mir ab, sprechen sie wieder normal mit meiner Mutter und meinem Vater.

Bei den Gesprächen der Erwachsenen geht es um belanglose Sachen: wie sich die Wetterlage entwickelt und ob meinen Eltern die Umstellung mit dem Neugeborenen gut gelungen ist. Wie das klingt: Neugeborener. Na ja. Nachdem die wichtigen

Themen von unserem Besuch und meinen Eltern ausdiskutiert sind, komme ich wieder ins Blickfeld.

Man positioniert sich im Kreis um mich herum, schaut auf mich herab und bringt sehr gewagte Thesen in die Diskussion ein, wie zum Beispiel, dass ich die Augen vom Papa hätte und den Mund von meiner Oma. Das ist doch ein kompletter Blödsinn, denke ich und als mir dann noch eine mir nicht bekannte junge Frau mit ihren Fingern über den Kopf streicht, reicht es mir. Ich aktiviere mein bis jetzt einziges aktives Kommunikationssystem und ziehe zuerst eine Schnute hin. Fast zeitgleich beginne ich mich zu wehren, indem ich meinen Schreireflex aktiviere und mit 85 Dezibel eine Lautstärke erreiche, die es in sich hat. Sofort ist die Diskussion beendet.

Alle Umstehenden versuchen mit unterschiedlichen Gesten und Worten, meine selbstgewählte Situation zu beenden. Aber so schnell gebe ich noch nicht klein bei. Meine Stimme ist kräftig und laut. Ich kann auch gut mit den Tönen variieren, mal lauter, mal leiser, mal schriller, mal tiefer. Diesen Zustand genieße ich sehr. Minuten später habe ich genug und zeige sofort wieder meine gute Seite.

Nachdem man mir die Tränen von den Wangen gestrichen hat, platziere ich sofort ein kleines Lächeln im Gesicht und wie befohlen werden aus den sorgenvollen Gesichtern wieder entspannte. Diesmal ist der Redeschwall nicht mehr so intensiv und auch die Zuordnung meiner Organe mit anderen Menschen ist nicht mehr vorhanden. Ein Geschenk wird vor meinen Augen ausgepackt. Es ist wieder ein Stofftier mit einer Schnur. Dieses Mal ist es ein kleines Hündchen. Ich bin jetzt nur noch auf die Melodie gespannt.

„Oh nein", schon wieder höre ich „Der Mond ist aufgegangen"! Normalerweise müssten meine Eltern beim Besuch reklamieren, da ich bereits eine Sonne aus Stoff besitze, aus der die gleiche Melodie ertönt.

Aber nein! Kein Wort, im Gegenteil sie bedanken sich noch für dieses singende Hündchen. „Solche Schleimer", denke ich mir. Natürlich zieht meine Mutter an der Schnur und sofort ertönt dieses blöde Mondgeklimpere. Ich bin heute sehr gut drauf, darum lasse ich mir nichts anmerken, selbst als man fünfmal am Strick gezogen hat. Mittlerweile trinken die Großen eine Tasse Kaffee und nehmen zusätzlich noch Kuchen zu sich. Hier wird wieder über alles diskutiert, was in der Nachbarschaft vorgefallen ist. Auch der gestrige Fernsehabend ist Bestandteil dieser Kaffeerunde. Ich höre mir die Diskussion eine geraume Zeit an und fange ganz langsam an zu quengeln. Zuerst leise, dann etwas lauter, aber noch nicht so, dass es störend für mein Umfeld wäre. Vereinzelte Augenpaare kreuzen meinen Blick und versuchen zeitnah mit gestikulierenden Fingern meinen Lärmpegel konstant zu halten.

Ich lasse mich auf den Deal ein und murmle nur ein bisschen vor mich hin. Minuten später bemerke ich im Umfeld meines „Schniedels" eine feuchte Stelle, die immer größer wird und mir ein gewisses Unbehagen beschert.

Da meine Kommunikationsmöglichkeiten nach wie vor sehr beschränkt sind, ergreife ich über meinen mittlerweile gut trainierten Schreireflex die Initiative mit einem Schreiton der Kategorie vier. Selbstverständlich beendet mein Umfeld sofort die Gespräche, die Tassen werden abgestellt und die Kuchengabeln zurückgelegt.

„Der Bub hat Hunger", höre ich aus der Runde heraus. „Falsch!" denke ich und versuche mit einer anderen Tonart meine Gegenüber zu überzeugen, dass ich gewickelt werden möchte. Vergebens! Meine Mutter geht in die Küche und bereitet die Flasche vor, die ich jetzt aber gar nicht haben möchte. In der Zwischenzeit versuche ich mit verschiedenen Schreizyklen den Irrtum aufzuklären. Es ist mir nicht gelungen, diese fatale Fehlein-schätzung noch umzudrehen. Die Flasche mit dem Sauger wird mir in den Mund gesteckt und ich habe nicht den Hauch einer Chance, meine nun weiter volllaufende Windel austauschen zu lassen. Ich mache das falsche Spiel eine kurze Zeit mit, sauge am Gummidiezel. „Ja der Bub hat Hunger", höre ich wiederholt aus der Runde und so sind alle um mich herum sehr zufrieden.

Nur mein Problem ist noch nicht gelöst. Ich triefe vor Feuchtigkeit und niemand merkt in welcher prekären Situation ich mich befinde. Im Gegenteil, durch das erneute Trinken aus der Flasche wird mein „Durchlauferhitzer" mir in den nächsten Minuten weiteres „Pipi" in die Windel laufen lassen. Nachdem ich in meiner großen Not die Flasche geleert habe, werde ich in den Arm genommen, nach oben gehalten und animiert, ein Bäuerlein zu machen.

Durch ein leichtes Klopfen auf meinen Rücken sollte der Vorgang noch ein wenig beschleunigt werden. Zwei, drei Schläge werden etwas weiter unten platziert, was sich anfühlt, als ob jemand mit dem Stiefel in eine Pfütze tritt. In der Hoffnung, dass jemand der Anwesenden nun endlich auf die Idee kommen könnte, dass junge Buben auch mal in die Hose machen, lasse ich die erwartete starke Luftblase aus meinem Inneren lautstark entweichen. Trotz meiner Reaktion werde ich immer noch nicht aus meiner misslichen Lage befreit. Das

Läuten an der Haustüre ist nicht zu überhören und ich hoffe inständig, dass meine Großtante Jutta uns besucht. Sie ist die Einzige, die mich aus der misslichen Situation befreien kann. „Jawohl, sie ist es"! Glück gehabt!

Freudestrahlend sehe ich sie an und hoffe, dass man mich in ihre bereits geöffneten Arme legt. Instinktiv nimmt sie mich in den Arm, greift mir an den Po und sagt der verdutzen Runde: „Merkt ihr das gar nicht? Der Luis hat die Hosen doch gestrichen voll". Mit ihren geübten Händen bringt sie mich aus der prekären Situation und verschafft mir wieder ein würdevolles Babyleben.

Minuten später werde ich wieder in die weibliche, vielsprechende und neugierige Runde zurückgebracht und noch einmal herumgereicht. Einige machen es fast so wie meine Mutter, andere stellen sich schon etwas an. Sie halten mich wie ein rohes Ei und denken, dass ich zerbrechlich bin. Wenig später ist die erste Besuchs-Orgie beendet und der gesamte weibliche Tross verlässt unsere Behausung. Jetzt empfinde ich zum ersten Mal, wie gut einem die Ruhe tut. Meine Eltern arbeiten den Besuch noch eine Weile auf, indem sie auf Kommentare und Äußerungen ihrer Bekannten eingehen, diese aber unterschiedlich beurteilen. Für mich ist der Tag soweit gelaufen und so werde ich nach einem nochmaligen Wickeln in mein Bettchen gelegt. Neben lieben Streichel-einheiten und gutem Zureden zieht meine Mutter erneut an dem Strick des Stofftieres und zu meinem Leidwesen ertönt wieder die blöde Ballade vom Mond.

Diesmal gebe ich klein bei und schlafe trotz dieses Stimmungskillers schnell ein. Meine Taktik geht auf, es wird kein zweites Mal am Strick gezogen. Im Schlaf lasse ich den unruhigen Tag noch einmal Revue passieren. Stunden später weckt mich mein Hunger und zu meinem Erstaunen bleibt es dunkel, obwohl ich meine Augen geöffnet habe. Um der offenen Frage auf den Grund zu gehen, bringe ich mein nach wie vor einziges Kommunikationsmittel ins Spiel.

Ich fange langsam an zu weinen und kurze Zeit später wird es wie von Geisterhand doch tatsächlich wieder hell. Doch diesmal ist es anders. Die Helligkeit kommt nicht durch die Fenster, wie ich es gewohnt bin, nein sie kommt von einem Gegenstand, der oben an der Zimmerdecke hängt. Komisch denke ich für mich, aber es wird wohl schon alles seine Richtigkeit haben. Etwas schlaftrunken aber trotz alledem weiterhin sehr liebevoll wird mir mein Objekt der Begierde gereicht und in kürzester Zeit von mir geleert. Um einem weiteren Ziehen des Strickes diesmal zuvorzukommen, schließe ich sofort meine Augen und stelle mich schlafend. Es hat funktioniert!

Meine Mutter legt mich wieder in das Bettchen, die restliche Nacht verbringe ich wohlbehütet in meiner neuen Behausung. Der neue Morgen beginnt mit einer vollen Windel und einem starken Hungergefühl.

Dieses Mal erkennt meine Mutter die richtige Reihenfolge. Zuerst das Wechseln der Windel und erst dann das Fläschchen. So brauche ich keine lauten Töne von mir geben und kann sogar meinem Vater und meiner Mutter ein morgendliches Lächeln schenken.

Gut ernährt und trocken werde ich in die Wiege gelegt und zum Schlafen animiert. Und wieder gelingt es mir die Augen zu schließen, ohne dass am Strick des Stofftieres gezogen wird. Bevor ich tatsächlich einschlafe, höre ich meinen Eltern zu, wie sie über gewissen Vorhaben reden, kann aber den Inhalten keine Bedeutung abgewinnen. Die nächsten Tage laufen ähnlich ab, was bei mir eine gewisse Langeweile aufkommen lässt. Schlafen, essen, trinken, weinen, lachen, pupsen und dann das gleiche immer wieder.

Deshalb freut es mich sehr, als wir eines Tages mit dem Auto ins Krankenhaus nach Landsberg fahren. Im Auto höre ich meine Eltern diskutieren. Neben den politischen und sportlichen Themen höre ich mehrmals den Begriff U2. Ich werde immer wieder mit der Abkürzung in Verbindung gebracht. Wenn es schon eine U2 gibt, dann hätte es auch eine U1 geben müssen, denke ich für mich, kann mich aber in keinster Weise daran erinnern. Wird wohl nicht so schlimm gewesen sein, überlege ich weiter und lasse dann das Thema fallen.

Das große Haus kommt mir bekannt vor. „Klinikum Landsberg" steht in großen Buchstaben an der Fassade. Viele Autos parken davor. Wir drei bewegen uns in Richtung Eingangstüre. Wenig später stehen wir in einem großen Raum mit vielen Menschen. Einige haben weiße Mäntel und Hosen an, andere sind modisch unterschiedlich gekleidet. Mit dem Aufzug geht es in den dritten Stock, wo es wesentlich ruhiger ist. Auch hier werden wir von weißen Mänteln empfangen. Freundlich und herzlich werden wir in einen kleineren Raum geführt, wo nur Stühle an den Wänden stehen.

Hier sitzen schon eine Frau und ein Mann, die ebenfalls eine Babytasche dabeihaben. Meine Mutter beginnt sofort ein Gespräch mit den mir völlig fremden Menschen. Neben Fragen zum Geschlecht des in der Tasche liegenden Babys, kommen auch technische Details zur Sprache. Wie groß? Wie schwer? Haare oder noch keine? Das erst

Kind oder haben sie schon mehrere? All diese Fragen werden von den Eltern des in der Tasche tiefschlafenden Babys beantwortet. Ähnliche Rückfragen des anderen Elternpaares beantwortet meine Mutter mit leicht übertriebenen Daten und Zahlen.

Um aber genau herauszufinden, wie mein Kollege oder Kollegin in der Tasche aussieht, muss ich jetzt ins Geschehen eingreifen. Aus dem Nichts und völlig überraschend beginne ich mit meiner lautesten Oktave zu schreien, wecke natürlich das süß schlafende Baby auf, dieses wird sofort von seiner Mutter aus der Tasche geholt und auf den Arm genommen. Aus meinem Schreien wird ein Schluchzen und so kann ich mein Gegenüber ganz gut beäugen.

Ich gehe davon aus, dass ich es mit einem Buben zu tun habe, denn er hat seinen Strampler in Dunkelblau gehalten. Er ist viel kleiner als ich und Haare hat er auch keine auf dem Kopf. Ein leichtes Gefühl der Überlegenheit beschleicht mein Ego, da ich fast schon alle Haare auf dem Kopf habe und ihm auch gewichtsmäßig bei weitem überlegen bin.

Kurze Zeit später dürfen wir in den Behandlungsraum. Ein nettes weibliches Wesen und ein großer männlicher Kinderarzt stehen uns gegenüber.

Nach ein paar belanglosen Begrüßungsfloskeln der Erwachsenen werde ich in den Mittelpunkt der Gesprächsrunde gestellt. Als technische Hilfsmittel werden eine Waage und ein Metermaß herbeigebracht. „Ein bisschen kalt ist es schon", denke ich, als man mich nackt auszieht und auf einen Tisch mit einem weichen Frotteetuch legt. Alle vier Augenpaare schauen voll konzentriert auf mich herab.

Der Arzt nimmt alle meine kleinen Gliedmaßen, hebt sie an, drückt an ihnen herum, hebt mich an einem Arm hoch, nimmt meinen Fuß, lässt mich kopfüber nach unten gleiten, schlägt mit einem Gummihämmerchen auf meine Reflexzonen. Nur schwer komme ich mit der Situation zurecht. Mit großen Augen verfolgen meine Eltern das Geschehen und meine Mutter zuckt schon mal kurz zusammen, als der Arzt seine Spielchen mit mir treibt. Am Ende stehen folgende Fakten im U- Buch: U2, Körpergewicht: 3.180 Gramm – Körperlänge: 49 cm – Kopfumfang: 53 cm. Arzt und Eltern sind mit meiner ersten Lebenswoche sehr zufrieden. Mit dieser Erkenntnis verlassen wir den Behandlungsraum und treten gemeinsam die Heimreise an.

Dort kehrt schnell wieder der Alltag ein. Wickeln, trinken, schlafen. Mal mit normalem Licht, mal mit Kunstlicht von der der Wohnungsdecke. So langsam erkunde ich meine neue Umgebung. Auf der einen Seite werden meine Flasche und auch das Essen meiner Eltern zubereitet.

Dann steht dort ein großer Tisch mit einer Bank und mehreren Stühlen. Ich kann aus meiner liegenden Situation vom Boden aus die auf dem Tisch stehenden Dinge nicht erkennen und bin deshalb vollkommen auf meine Logik angewiesen, die mir signalisiert, dass es sich hierbei ausschließlich um etwas Essbares handelt. Auch Getränke werden in unterschiedlichen Abständen vom Kühlschrank auf den Tisch gestellt. Wenn ich es genau wissen möchte, fange ich wieder an zu quengeln, denn so komme ich über kurz oder lang an den besagten großen Tisch. Durch meine Geräuschkulisse wird die Unterhaltung meiner Eltern so gestört, dass man lieber meine Anwesenheit auf dem Tisch duldet. „Warum nicht gleich so", denke ich und genieße meinen Aufenthalt auf dem großen Tisch.

Hier gefällt es mir besonders, denn der Überblick über das gesamte Zimmer ist für mich überwältigend. Neben diversen Speisen werden auch noch Getränke serviert. Am Morgen Tee und Kaffee, am Mittag Saftschorle und Wasser und am Abend Bier, Wein oder einige Longdrinks.

Auffallend ist, dass die Kommunikation am Abend am lebhaftesten ist. Je mehr meine Eltern und auch gelegentlicher Besuch von den abendlichen Getränken konsumieren, desto redseliger und lockerer ist die Runde. Am meisten wird aus braunen Flaschen getrunken. Da kann es schon mal vorkommen, dass der halbe Tisch mit diesen Flaschen bedeckt ist. Hier werde ich zum ersten Mal mit dem Begriff Bier konfrontiert. Ich gehe davon aus, dass es sich um den Inhalt der braunen Flaschen handelt.

Auf der anderen Seite des großen Raumes steht eine Couch mit einem kleinen Tischchen, auf dem man oft die Füße hochlegt. Gegenüber ist ein riesiger Bildschirm, auf dem sich die unterschiedlichsten Gegenstände bewegen. Wenn sich Papa und Mama unbeobachtet fühlen, schauen sie sehr fokussiert in diese bewegten Bilder. Mein, beziehungsweise unser Schlafzimmer ist im ersten Stock. Dort gibt es nicht viel zu sehen, da es meistens dunkel ist.

Ist es mal hell, so werden sofort die Rollladen heruntergelassen, damit ich meinen Schlaf ungestört durchführten kann. Insgesamt möchte ich meinen ersten Lebensmonat als durchaus gelungen ansehen und weiterhin verheißungsvoll in die Zukunft blicken. Als einzige große Einschränkung empfinde ich meine beschränkten Kommunikations-mittel.

Hören kann ich bereits alles, verstehen nur bedingt, fühlen und empfinden kann ich wie ein Großer, nur das Sprechen klappt noch überhaupt nicht. Ich werde daher weiter an mir arbeiten müssen, um diesen Makel noch ablegen zu können. Mal sehen was der zweite Monat meines Lebens für mich zu bieten hat.

Zweiter Monat

Da mir mein engeres Umfeld soweit bekannt ist, versuche ich weitere Zusammenhänge zu verstehen. Neben Papa und Mama gibt es noch weitere Personen in meiner Familie, die einen Titel tragen. Großmutter, Großvater, Onkel, Großonkel, Großtante und auch noch einige seltene Titel.
Einige werden mit dem Vornamen, andere mit den Nachnamen angesprochen. Warum, weiß keiner.
Ich möchte die Namensgebung von meiner Seite etwas vereinfachen und werde ab sofort nicht alle Namen immer mit dem Titel ansprechen. Aus der Mama wird Maria, aus dem Papa wird Julian, die Oma nenne ich ab sofort nur noch Großmutter Lisa. Aus meinen zwei Opas werden Michael und Kaspar. Die Onkel speichere ich unter Georg und Janis. Selbst aus der Großtante und dem Großonkel werden die Jutta und der Hubert. So, dann hätten wir das auch geregelt und es kommt zu keinen Missverständnissen mehr.
Ich hoffe auch, dass mein Umfeld mich nicht mehr Baby nennt, sondern Luis. Neben meinen Schrei- und Grantel-Lauten erkenne ich an mir eine weitere Kommunikationsmöglichkeit. Mein Gesicht, das in den ersten Wochen noch keine Grimasse schneiden

konnte, hat sich in den letzten Tagen weiterentwickelt. Schnell habe ich erkannt, dass ich bei verschiedenen Blödeleien meines Umfelds mit einem kleinen Lächeln alle Anwesenden in meinen Bann ziehen kann. Am Anfang war ich mir der Tragweite meines Handelns gar nicht bewusst, aber mit zunehmender Zeit erkannte ich, dass mir beim mehrmaligen Lachen sämtliche Tore geöffnet werden. Alle meine Tätigkeiten, die ich gerne ausführe, kann ich jetzt wesentlich länger genießen. Wurde ich bis jetzt nach einem Quengeln gerne mal in den Kinderwagen gelegt, so kann ich jetzt mit einem charmanten Lächeln die Situation für mich nützen. Zum besseren Verständnis: lautes Weinen bedeutet, dass ich mit der momentanen Situation überhaupt nicht einverstanden bin. Wenn ich launisch quengle, ist es mir langweilig. Diese Phase beinhaltet sowohl einen schnellen Sinneswandel zum Guten oder einen Rückfall in meine Weinphase. Hier sollte man mir alles geben, was ich gerade benötige. Ganz schlecht ist es, wenn man mir jetzt irgendetwas aus den Händen nimmt. Dann kann es schon mal sein, dass ich einen Lärmpegel von 85 Dezibel erreiche. Die dritte und neue Kommunikations-hilfe ist mein süßes Lächeln. Wenn ich diese Option ziehe, erhalte ich alles, was ich möchte, kann das Ende von Streicheleinheiten weiterhinauszögern oder mehrere gut-schmeckende Getränke erhalten. Ich hoffe, dass ich mit den drei Varianten gut über die nächsten Wochen kommen werde. Im Kalender an der Wand erkenne ich den März 2020.

Der Name und die Zahl sagen mir nichts, trotzdem werde ich diese Parameter im Auge behalten, weil neben den beiden Zeichen noch ein schönes Panorama-Bild zu sehen ist. Maria, meine absolute Nummer eins, spricht mit mir schon ganz normal und stört sich auch nicht daran, dass von mir keine sinnvollen Antworten kommen.

Diese Handhabung gibt mir weiterhin Mut, denn ohne Grund würde sie es ja nicht machen. Wenn es mir gelingt, dass zu den bereits praktizierten Kommunikationstechniken weitere dazu kommen, dann stehe ich der Zukunft sehr positiv gegenüber. Wird der Zeitrahmen bei den Erwachsenen in Stunden, Tagen, Monaten und Jahren getaktet, so verhält sich der Kalender bei uns kleinen Heranwachsenden etwas anders.

Bei uns nennt man die Zeit „U". Das erste Jahr beginnt mit U2 und endet bei U 6. Und weil jetzt schon bald die U3 ansteht, bereite ich mich schon mal darauf vor. So kann ich der Elterninformation folgendes entnehmen. „Ihr Baby ist jetzt etwa einen Monat alt. Die meisten Babys können von der dritten Woche an den Kopf zu Geräuschquellen hinwenden. Sie schauen lieber farbige als graue Flächen an und haben einen ausgeprägten Saug - und Greifreflex". Im weiteren Verlauf des Schreibens erwartet der Arzt das Heben des Kopfes in der Bauchlage und das Öffnen meiner Händchen. Ich sehe diese Vorgaben nicht als große Herausforderung an und gehe ganz gelassen mit dem Thema um.

Ohne es mit mir abgesprochen zu haben, fahren wir Tage später zu der besagten U3. Nach einer kurzen, herzlichen Begrüßung liege ich Minuten später wieder auf dem Behandlungstisch des Kinderarztes. Er greift mich an diversen Stellen ab und stellt ganz nebenbei fest, dass ich mich in den ersten Wochen sehr gut entwickelt habe. Nachdem das Messen meiner Körperlänge und meines Kopfumfanges abgeschlossen war, legt man mich noch in eine Schale, an deren Vorderseite ein digitales Fenster mit einer Zahlenkombination zu sehen ist.

4.710 Gramm stehen einer Körperlänge von 59 cm gegenüber. Jetzt versucht der Kinderarzt meines Vertrauens Julian und Maria klar zu machen, dass sich mein Bodymaßindex nicht mehr im Toleranzfeld bewegt und sie versuchen sollten, mein Körpergewicht wieder etwas zu reduzieren. „Da kommen jetzt aber schwere Zeiten auf mich zu", denke ich und bekomme gar nicht mehr mit, dass der Umfang meines Kopfes genau der Vorgabe entspricht.

Abschließend wird noch ein hüftsonographischer Befund erstellt, der mir links einen Alphawinkel von 67 Grad und rechts einen von 63 Grad beschert. Zu guter Letzt wird im „U Heft" noch das Gesamtergebnis mit einem Kreuz in der Rubrik „keine Auffälligkeiten" besiegelt. Sehr erleichtert verlassen wir den Behandlungsraum und treten die Heimreise an. Im Auto diskutieren Maria und Julian noch die Daten des Befundes meiner Untersuchung. Mein leichtes Übergewicht steht im Mittelpunkt des Gesprächs. Beide geben ihre Meinung zum Thema ab und kommen gemeinschaftlich zu dem Ergebnis, dass ich in Zukunft wohl etwas weniger zum Essen bekommen sollte. Diese Einschränkung trifft mich hart, denn welche Freuden habe ich dann noch in meinem tristen Babyleben.

Klein beigeben möchte ich nicht und so warte ich auf die erste Nahrungsaufnahme. Ich spiele verschiedene Szenarien durch und komme immer auf das gleiche Ergebnis. Sollte es tatsächlich sein, dass meine täglichen Flascheninhalte reduziert werden, dann wird mein Schreireflex mit allen Konsequenzen zum Einsatz gebracht. Und dann werden wir schon sehen, wer am längeren Hebel sitzt. Zuhause angekommen werden Großmutter

Lisa und Großtante Jutta, also meine Oma und Großtante über den Verlauf der Untersuchung unterrichtet.

Der Frage von Maria, ob Luis zu dick sei, widersprechen die beiden vehement. „Warte erst mal, bis er laufen kann, dann sind die Pfunde schnell wieder herunter"! Auch der Ergänzungssatz von Großtante Jutta geht in die gleiche Richtung. "Maria, du warst als Baby auch ein Mobbele". Aus den Aussagen entnehme ich, dass da wohl etwas Stimmiges in der Aussage meines Kinderarztes gewesen sein musste, denn sonst hätten Großmutter Lisa und Großtante Jutta nicht so offen reagiert.

 Mit großer Spannung sehe ich der nächsten Fütterung entgegen. Haben die Argumente der beiden älteren Frauen Maria umstimmen können?

Nicht ganz, denn schon beim Herannahen kann ich erkennen, dass die kleine Flasche nur zu zwei Dritteln befüllt wurde. „Besser als nichts", denke ich und beginne sofort mit der Nahrungsaufnahme. Routiniert und zielstrebig wird die Flasche von mir geleert. Viel zu schnell ist sie leer, mein Sättigungsgefühl ist allerdings noch nicht befriedigt. Gut, dass neben Julian, Maria, Großtante Jutta, Großmutter Lisa noch Kaspar und Großonkel Hubert im Raum sind. Vor großem Publikum kann man mit einem Schreikrampf wohl am meisten Wirkung erzielen.

„Einen werde ich schon erweichen", überlege ich mir und setze eine zweite und noch etwas lautere Oktave ein. Dem Satz vom Großvater Kaspar, „wenn es am besten schmeckt, soll man aufhören", kann ich in diesem Augenblick nur wenig abgewinnen. Ein zwischenzeitliches Schluchzen bringt schließlich meine Erlösung. Großtante Jutta hat ein Einsehen und bringt mich unter dem Vorwand: „Ich glaube Luis muss man wickeln", auf die andere Seite des Zimmers.

Nach dem Öffnen der ersten Knöpfe fahre ich meine Geräusch-kulisse zurück und höre aus Großtante Juttas Mund „Der Bub hat doch eine volle Windel"! Fachmännisch erledigt Großtante Jutta den Wickelvorgang und zeigt stolz die volle Windel, die sie in einen kleinen Plastikbeutel gesteckt hat. Das Hochziehen meiner Mundwinkel wird als Lächeln gedeutet und so kann ich die harten Fronten etwas aufweichen.

Als Lohn für meine taktische Meisterleistung wird mir trotz der ärztlichen Verordnung eine weitere Flasche in den Mund gesteckt. Genüsslich trinke ich die Flasche aus und mit dem Gefühl der Überlegenheit gegenüber meinem Umfeld sinke ich in einen wohlverdienten Schlaf.

Die Temperaturen steigen in der Frühlingssonne und ich werde nun häufiger in den Kinderwagen gelegt. Der Wagen sieht von außen super aus. Er hat eine Federung, luftgefüllte Reifen und eine verstellbare Liegefläche. Nur wenn man im Wagen liegt, hat man von den positiven Eigenschaften nicht viel. Durch das Hochziehen des Verdecks verkleinert sich mein Sichtfeld auf ein Minimum. Ich kann ich aus meiner liegenden Haltung nur den Himmel erkennen.

Manchmal wird diese Tristesse durch ein Halten unterbrochen. Dann strecken für mich wildfremde Menschen ihren Kopf in den Wagen und versuchen mit wild gestikulierenden Händen mir ein Lächeln abzugewinnen. „So nicht", denke ich und fange ganz langsam an, mein Gesicht mit einer Schnute zu verstellen. Meistens reicht es aus, um den Fremdkörper aus meinem Sichtfeld zu entfernen. Wenn diese Maßnahme nicht fruchten, kommt etwas verzögert mein Schreireflex zum Einsatz. Der beseitigt dann alle Zweifel. Manchmal werde ich auch von Maria aus dem Wagen genommen, um einer neugierigen Person mehr von mir zu zeigen. Hier freut sich Maria sehr, wenn ich ihre Entnahme noch mit einem Lächeln garniere. Ich mache es nicht immer, aber wenn die Stimme und das Äußere passen, warum nicht. Die Tage werden kurzweiliger und ich kann mich mit der neuen Freizeitbeschäftigung schnell anfreunden. Zudem wird durch das leichte Geschaukel meine Einschlafphase verkürzt. Das hat zur Folge, dass meine Schlafzeit sich erhöht und ich mich meinen Träumen mehr zuwenden kann.

Mir ist die These, dass Kleinkinder angeblich nicht träumen können, auch bekannt, aber da seid ihr Erwachsen auf dem Holzweg. Sehr wohl träumen wir. Wie sollten wir sonst die langen Schlafphasen hinter uns bringen.

Aber bleiben wir beim Spazierengehen. Auffallend ist, dass Maria und ich auch von vielen anderen Kinderwagen-Fahrerinnen angesprochen werden.

Hier erfolgt ein reger Informationsaustausch über die Schlafgewohnheiten, das Stillen, und auch über das Sexualleben nach der Geburt.

Der letzte Begriff ist mir neu, aber über kurz oder lang werde ich auch diesen deuten können. Daneben werden dann noch Vergleiche mit dem anderen Kinderwageninhalt angestrebt und beurteilt. „Kann er schon den Kopf selbst halten", „wie oft kommt er in der Nacht" und ähnlich doofe Fragen gelangen bei nahezu jeder Ausfahrt an meine Ohren. Wenn ich von Maria aus dem Wagen genommen werde und in voller Pracht zu sehen bin, kommen meist auch Fragen zu meinem

Bodymaßindex. „Der ist aber gut gebaut" oder „das ist ja ein Wonneproppen"! Mit diesen sicherlich gut gemeinten Äußerungen kann Maria noch nicht so gut umgehen.

Ich hoffe nur, dass sie das „Weniger-Trink-Embargo" nicht mehr in Kraft setzt. Und so geht so eine Ausfahrt schon mal über einige Stunden. Meist beende ich den Tagesausflug, indem ich anfange zu quengeln. Das reicht in der Regel schon aus, um die Heimfahrt zu beginnen.

Nach drei Stunden ist meine Windel so voll, dass es mir unangenehm wird und ich von dem feuchten Zustand befreit werden will. Aus Gründen der Hygiene mache ich das „Kaki", wie Maria zu sagen pflegt, nur zu Hause. Kurze Wege, kein langes Warten und nur ein bis zwei Schreiattacken und schon werde ich von meinem Stinker befreit.

Ja, die letzten Tage waren sehr aufschlussreich. Am späten Nachmittag kommt Julian von der Arbeit zurück. Die Begrüßung ist immer sehr innig und schwungvoll.

Neben dem herzlichen Liebkosen nimmt er mich in die Hände und wirbelt mich durch die Luft. Ganz schön mutig muss ich hier sein, denn man soll seinem Vater nie ein Angstgefühl zeigen. Ich bin gespannt, wie lange ich diese turbulente Begrüßungsarie noch durchhalten kann. Mein

Spielzeugvorrat wird auch immer größer und so kann ich mir nur schwer alle Namen merken, die Julian und der Kaspar vergeben.

Den „Hansi Flick und den Oskar Reiß" kann ich mir noch am besten merken, da ich fast täglich mit ihnen spiele. Woher die Namen stammen, ist mir nicht bekannt, Kaspar und Julian bringen die beiden wohl mit guten Fußballspielern in Verbindung. Apropos Spielzeug, seit einer Woche zieht keiner mehr am Strick. Ihr erinnert euch doch noch daran.

Mit dem Ziehen des Strickes wurde immer wieder die Spieluhr aktiviert, die dieses bescheuerte Mondlied herausträllerte. Liegt wahrscheinlich in einer anderen Kiste. Durch einen Zufall kann ich einem Gespräch zwischen Maria und Julian beiwohnen. Ich stelle mich schlafend, deshalb denken sie auf keinen Fall an meine Mithöraktion. Maria fällte es jedes Mal schwer, wenn sie mir die Flasche zubereitet und diese nicht ganz vollmacht, denn mein Hungergefühl ist nach wie vor sehr ausgeprägt. Sie erkennt es an meinem weiteren heftigen Saugen an der Flasche, selbst als ich diese bereits geleert habe.

„Wir geben einfach weniger Milchpulver in die Flasche. Dann sieht er die volle Flasche und ist zufrieden und ruhig". Beide sind von der Idee so begeistert, dass sie diesen Schwindel bei der nächsten Nahrungsaufnahme ausprobieren wollen. Nur mit mir nicht! Aber wie verhindere ich dieses unfaire Verhalten am besten? Soll mein Schreireflex schon vor Beginn der Dünnverkostung einsetzten, oder soll ich über das permanente Quengeln meine Flaschengeber von der Tat abhalten?

Ich entscheide mich für die zweite Variante, lasse mir den Sauger in den Mund stecken und gebe zuerst einmal klein bei. Die Reduzierung des Milchpulvers um einen Messlöffel ist geschmacklich unverzeihlich. Selbst wenn ich die Intrige nicht gehört hätte, wäre dieser Geschmacksverlust so eklatant, dass es von zehn Kleinkindern acht gemerkt hätten.

Also setze ich meine Quengeltaktik ein und lasse den nichtschmeckenden Inhalt aus meinem kleinen Mündchen laufen. War die Flasche bei korrekter Befüllung innerhalb von fünf Minuten leer, so gestaltet sich der jetzige Trinkvorgang wesentlich länger.

Obwohl mein Hungergefühl enorm hoch ist, verzögere ich den korrekten Saugvorgang so lange, bis Maria aufgibt und mir die Flasche vom Mund nimmt. „Ob er etwas gemerkt hat" fragt sie Julian etwas unsicher. „Nein! Woher auch" entgegnet er ihr, ohne zu wissen, dass mir der Sachverhalt sehr wohl bekannt ist. Und so gehe ich in die neue Nacht mit einem großen Hungergefühl. Aber die Tatsache, dass ich mich erfolgreich gewehrt habe und mich durchsetzen konnte, lässt mich die nächsten schweren Stunden gut überstehen.

Ob sie es aus Bequemlichkeitsgründen oder Mitleid gemacht haben, ist mir nicht bekannt. Aber allein die Tatsache, dass bei den nun folgenden Futterzyklen das Originalgemisch wieder in meiner Flasche ist, lässt meinen Triumph noch in einem besseren Licht erscheinen.

Die Tage werden immer länger und auch wärmer. An die Ausfahrten mit dem Kinderwagen habe ich mich gewöhnt. Ich bin auch nicht mehr in dem engen Schlafsack eingepfercht. Die Tage ähneln sich sehr. Nach dem Aufstehen (der Begriff passt ja gar nicht, denn ich kann doch noch gar nicht stehen) wird mir die Flasche gereicht, meine Kleidung gereinigt, ich werde gewaschen, gekämmt (ja, ich habe schon eine ganze Menge von Haaren auf dem Kopf) und neu angezogen. Maria setzt mich in den Kinderwagen und wir fahren zum Einkaufen. Da gefällt es mir sehr gut, denn dort kann ich täglich neue Sachen sehen. Die belanglosen Gespräche von Maria mit anderen Kunden interessieren mich nur wenig.

Viel interessanter ist die Farbenvielfalt der einzelnen Päckchen, Flaschen, Beutel und Dosen.

Auch das spezielle Geräusch an der Kasse, wenn der Kassenbon ausgedruckt wird, gefällt mir sehr. Vor der Türe wird meistens noch mit andern Kinderwagen-Fahrerinnen geratscht.

Das blöde ist nur, dass die Mütter sich so platzieren, dass sie die Unterhaltung bequem und mit hoher Intension durchführen können. Wir Heranwachsenden werden nach außen geschoben und können deshalb nicht miteinander kommunizieren. Anfangs wurde von mir mal ein Unterbrechungsquengler eingestreut, der dann zumindest für eine kurze Zeit die Aufmerksamkeit wieder auf uns Kinder lenkte.

Zwischenzeitlich wenden auch Felix, Leon und Sina diese Technik mit Erfolg an. Die Einkaufsfahrten werden zwischen-durch auch von meiner Großmutter Lisa und Großtante Jutta mit mir durchgeführt.

Mit den beiden wird die Unterhaltungsbereitschaft noch gesteigert. Die sprechen auch mit Menschen, die keinen Wagen schieben. Jeder Gesprächspartnerin wird mein Werdegang samt dem meiner Eltern sehr ausführlich erklärt. Immer die gleiche Leier. Neben diesen notwendigen Aufklärungsgesprächen bin ich aber auch Nutznießer dieser Versorgungsfahrten. Oma Lisa und Großtante Jutta versäumen es nicht, mir jedes Mal aus verschieden Regalen kleine Geschenke zuzustecken.

Etwas schwieriger zu ertragen ist es, wenn Großmutter Lisa und Großtante Jutta mich mit ihren gesanglichen Versuchen in den Schlaf singen wollen. Ich glaube, da überschätzen sich die zwei schon ein bisschen.

Neben den falschen Tönen sind sie auch nicht sehr textsicher und wiederholen genau die Textpassagen immer wieder, die ihnen noch in Erinnerung geblieben sind.

Diese musikalischen „Leckerbissen" beende ich meist mit meinem Schreireflex, der in der Lautstärke nicht zu überhören ist. Verunsichert durch meine Weinattacke schätzen sie dann meine Lage wiederholt falsch ein. Sie glauben, dass ich Hunger habe oder dass meine Windel wieder voll ist. Dieser falschen Einschätzung gehen sie dann zu Hause sehr schnell nach, indem sie mir die Flasche in den Mund stecken und meine Windel wechseln. Dieses Betreuungsangebot war gar nicht notwendig, da weder meine Windel nass noch mein Hunger gestillt werden musste. Einzelnen Versuchen, mich in dieser Phase erneut mit gesanglichen Darbietungen zu berieseln, setze ich ein spontanes Ausschlagen meiner Füße entgegen.

Wie gesagt, das sind nur die Ausnahmen. Ansonsten komme ich blendend mit den beiden aus. Keiner verwöhnt mich so sehr wie die zwei und „handwerklich" stellen sie sich bei mir sehr professionell an.

Da sitzt jeder Handgriff. Der Kalender an der Wand stellt uns den Monat Mai vor. Ein farbenprächtiges Landschaftsbild ergänzt die unten angesetzte Zahlenreihe.

Dritter Monat

Laut meinem Kinderuntersuchungsheft steht die U4 an. Die Vorgabe, die ich hier zu erfüllen habe, lautet: „Die meisten Babys werden in diesem Alter immer mobiler und aktiver. Sie beginnen nach Dingen zu greifen und zu lächeln. Sie reagieren auf ihre Bezugsperson. Außerdem machen sie sich durch bestimmte Laute bemerkbar".

Gut, dass ich diese Passage vor der Untersuchung bereits gelesen habe. So kann ich mich bestens vorbereitet auf die Prozedur einstellen. Aber mal ehrlich, so groß sind die Herausforderungen ja auch nicht.

Ich finde den letzten Passus sehr nett. „Sie machen sich durch bestimmte Laute bemerkbar"! Ich könnte dem nichtsahnenden Kinderarzt schon mal meine komplette Sangeskraft als Beweis anbieten.

Aber ich lasse es lieber sein, denn Großonkel Hubert hat in einer intimen Gesprächsrunde mit mir aus seiner Vergangenheit geplaudert und gesagt, dass man im Leben am besten durchkommt, wenn man nicht auffällt. Getreu diesem Motto gehen wir der Untersuchung selbstbewusst entgegen. Die Örtlichkeiten sind mir bereit bestens bekannt und so fühle ich mich sehr sicher.

Die Untersuchung verläuft ohne große Zwischenfälle, nach gut einer Viertelstunde sind wir bereits fertig. Die im Vorfeld an mich gestellten Forderungen konnte ich zur vollsten Zufriedenheit erfüllen, Maria und Julian waren deshalb auch sehr zufrieden mit mir.

Auf den Lausbubenstreich der letzten Untersuchung verzichte ich dieses Mal und pinkele meinen Arzt nicht mehr an. Hier das offizielle Ergebnis: Körpergewicht: 8000 Gramm, Körperlänge: 65 cm, Kopfumfang: 41 cm. „Eine Körpergewichtszunahme von 3.290 Gramm zwischen der U3 und der U4 ist enorm" sagte der behandelnde Kinderarzt. Maria und Julian blicken besorgt und fragen nach. „Der Luis ist außerhalb des Bodymaßindex!", meint der Arzt klar und deutlich. Diese Aussage wird in der nächsten Zeit mein Leben nicht leichter machen. Ist doch die Nahrungsaufnahme neben dem Schlafen und „dem in die Hose machen" ein Hauptbestandteil meines bisherigen Lebens. Neben der Erleichterung, dass es mir gut geht und auch keine gesundheitlichen Schäden diagnostiziert wurden, kann die enorme Gewichtszunahme doch noch zu einer ernsten Bewährungsprobe zwischen meinen Eltern und mir werden. Aber wie soll ich meinen Appetit zügeln?

Vorschläge meiner Eltern, die bereits auf dem Heimweg darüber diskutieren, kann ich nicht als gut empfinden. Verdünnen und halbieren sind keine guten oder kreativen Vorschläge. Und sollten sie es tatsächlich durchziehen und es darauf anlegen, dann ist von meiner Seite mit großem Widerstand zu rechnen. Aber noch ist es nicht so weit und so verdränge ich das heikle Thema etwas. Zuhause läuft alles zunächst normal weiter. Noch wendet Maria die verschärften Sanktionen gegen mich nicht an. Mein Hungergefühl wird nach wie vor durch das Austrinken der vollen Flasche bestens gestillt.

Doch für die Zukunft stellt sich nun die Frage, entweder weniger zu mir nehmen oder schneller wachsen? In Gesprächen mit anderen Babys ist mir zu Ohren gekommen, dass es sogenannte „Schübe" geben kann, die innerhalb einer kurzen Zeit die Körpergröße schneller ansteigen lässt. Naja, wollen wir mal hoffen, dass dieser Schub mich in der nächsten Zeit beim Wachstum unterstützt.

In großer Sorge und Unsicherheit im Hinblick auf mein weiteres Leben gehe ich abends in mein Bettchen und lasse die wichtigsten Punkte noch einmal Revue passieren. Am nächsten Morgen lasse ich mir nichts anmerken, begrüße Julian und Maria mit einem Lächeln, akzeptiere den anschließenden Waschvorgang und auch das Ankleiden wird ohne

Wehklagen erfolgreich durchgezogen. Die Sonne scheint heute schon sehr kräftig und so steht einem morgendlichen Spaziergang nichts mehr im Wege. Als mich Julian im Kinderwagen vor das Haus stellt, die Fußbremse aktiviert und mich für kurze Zeit allein lässt, kann ich ein sonderbares Wesen erkennen.

Es läuft auf vier Füßen, hat einen buschigen Schwanz, zwei leuchtende Augen, kann seine Ohren je nach Geräusch nach vorne oder nach hinten stellen. Es hat in etwa meine Körpergröße, ist sehr schnell auf seinen Beinen und hat schon Zähne. Diese sind für seine Größe sehr gewaltig. Sein einziges Manko ist seine Aussprache und hier ergeht es ihm wie mir. Man versteht uns nicht. Es macht mir Spaß ihm zuzusehen, wie er sich bewegt. Es bewegt sich sehr elegant und legt allmählich seine Scheu vor mir ab.

Jetzt ist es schon bis auf einen Meter an mich herangeschlichen. Ich halte den Augenkontakt und gebe nicht nach. Sein grau gestreiftes und glänzendes Fell kann ich sehr gut erkennen. Gerade als ich meine Hand nach ihm ausstrecke, höre ich Julian, wie er sehr energisch

„Zazu verschwinde" schreit. Mit einem gewaltigen Satz springt besagter Zazu auf einen Holzstoß und verschwindet fast lautlos. Etwas besorgt werde ich von Maria und Julian beäugt. Sie stellen keine Kratzer bei mir fest und resümieren mit dem Satz „da müssen wir in nächster Zeit mehr aufpassen". Der anschließende Spaziergang in der Frühlingssonne verlief dann problemfrei. Fast hätte ich die Diskussion um meinen Bodymaßindex vergessen, doch als mir am Mittagstisch eine volle Flasche gereicht wird, ist das Thema wieder da.

Die Flasche ist diesmal etwas anders. Statt Blumen sind Bärchen angebracht und auch die Form ist etwas moderner gehalten. Selbst die Inhaltsmenge dürfte in etwa gleich groß sein. Ohne Vorurteile verschlinge ich den Inhalt der neuen Flasche und habe auch keinen Unterschied zu den zuvor getrunkenen erkennen können.

Wenn diese Art der Sättigung meine Gewichts-reduzierung unterstützt, soll es mir recht sein. Meine Entwicklung schreitet weiter rasant voran.

Die Tage werden länger, meine Informations-aufnahme wird professioneller und die Langeweile verschwindet mehr und mehr aus meinem Leben. Neue Begriffe gelangen an meine Ohren, mit denen ich aber noch nichts anfangen kann. Auch haben Großtante Jutta und Großmutter Lisa einen neuen Deutungsbegriff erfunden. „Zähne!" Bei gelegent-lichen Nörgeleien meinerseits wird jetzt neben

Hunger und wickeln auch noch der Begriff „Zahn" in die Runde geschmissen.

Diese neue falsche Annahme beschert mir in den nächsten Wochen wiederholtes Mundöffnen. Die Fehleinschätzungen meiner Omas werden meinen Po in Zukunft mehrmals entzünden und rot werden lassen. Statt mir wie früher nach meinem Gequengel die Windel zu wechseln, fahren sie lieber mit ihren Fingern in meinem Mund herum. Jede will die erste sein, die den ersten Zahn bei mir diagnostiziert. Sie können es nicht wissen, aber es wird noch gute vier Wochen dauern, bis mein erster Zahn durch den Kiefer gewachsen ist.

Das heißt für mich, weitere vier Wochen Fehldiagnosen über mich ergehen zu lassen. Wegen der wärmeren Temperaturen werde ich mit anderen Klamotten ausgestattet.

Kurze Hosen, neue T-Shirts und auch die Jäckchen sind viel leichter. Maria und Julian haben eine Vorliebe für ein rotes T-Shirt mit einem Telefonanbieter auf der Brust. Sie bringen es auch mehrmals mit der Fußballbundesliga in Verbindung, ohne dass ich mir hier einen Reim darauf machen kann. Aber es wird schon alles seine Richtigkeit haben.

Wenn ich vor der Türe die Frühlingssonne im Kinderwagen genieße, sehe ich meinen Opa Kaspar immer häufiger.

Jeden Tag schaufelt er Sand und Kies, legt Bodenplatten, betoniert Abstandshalter, schließt einen Brunnen an, sägt Holz, verteilt Humus, säht Gras und sägt große Baumstämme. Ich denke, er ist der Einzige in meinem Umfeld, der noch richtig arbeitet. Respekt Kaspar.

Wenn ich mal größer bin, werde ich dich unterstützen und mit Hand anlegen. Sollte da noch so eine schicke Arbeitshose für mich abfallen, wäre ich sehr froh. Aber bis dahin ist ja noch eine lange Zeit. Neben dem Arbeiten bereitet dem Kaspar das abendliche Biertrinken im eigenen Biergarten mit Albert, Herbert und Großonkel Hubert einen großartigen Ausgleich. Sie erzählen meist aus der Vergangenheit und halten somit die Tradition aufrecht. Mehrmals im Jahr ist ihm sein eigener Biergarten zu eng. Dann setzt er sich auf sein Rad und fährt nach München in den Hirschgarten.

Dort gibt es viele Menschen, die ebenfalls das Bier in geselliger Runde trinken. Nicht mehr nüchtern, lässt er sich dann von der Deutschen Bahn nach Hause fahren. Mir wurde bereits signalisiert, dass ich mit Maria und Julian meinen Opa Kaspar in München besuchen darf.

Mein Freizeitprogramm weitet sich immer mehr aus und so komme ich mit unterschiedlichsten Menschen zusammen. Der Freundeskreis meiner Eltern ist sehr groß und allen werde ich der Reihe nach vorgestellt. Das hat zur Folge, dass mir vor jedem Besuch die neusten modischen Kleidungs- stücke angezogen werden.

Zudem wird mein Gesicht eingecremt und meine Haare gekämmt. Mit dieser gezielten Maßnahme hinterlassen wir bei allen einen guten Eindruck.

Dazu wird von mir mehrmals ein Lachen verlangt, das je nach Stimmungslage schon mal unterschiedlich lang dauern kann. Der Ablauf ist fast immer identisch. Zuerst erfolgt die Begrüßung, anschließend werden meist belanglose Gespräche geführt und Kaffee getrunken. Mit zunehmender Zeit wird das Interesse an meiner kleinen Person immer geringer. Sind die Frauengespräche dann zu langweilig, melde ich mich mit meinem Schreireflex spontan.

„Ja was hat er denn?", höre ich aus der Runde und setze eine zweite Welle mit einem abschließenden herzergreifenden Seufzer.

Aus dem Kreis der zum Teil schon erfahrenden Mütter kommen die ersten Fehldiagnosen. „Hat er Hunger? Hat er die Windel nass? Er wird doch nicht seinen ersten Zahn bekommen"? Keine der

Anwesenden hat gemerkt, dass das Niveau der Gesprächsrunde soweit nach unten gefallen ist, dass es für mich nicht mehr zum Aushalten ist.

Durch diesen genialen Schachzug stehe ich jedoch wieder im Mittelpunkt der Runde und kann den Nachmittag noch retten. Gelegentlich sitzen neben mir noch Babys am Tisch, die in etwa mein Alter haben.

Diese Situationen gefallen mir immer sehr gut. Es werden hier die unterschiedlichsten Fähigkeiten meiner Mitstreiter in die Runde geworfen. Felix kann sich halten, die Sina dreht sich, der Moritz kann sitzen! Und ich? Ja ich kann die Flasche trinken, die Windel befeuchten und wenn es mir passt sogar lachen. Ich denke, das ist schon eine ganze Menge für meine drei Monate. Wenn ich an solchen Tagen wieder zu Hause bin, verarbeite ich die neuen Eindrücke und kann in der Regel gut einschlafen. Heute Abend grüble ich noch einmal über den letzten Arztbesuch nach. Dort konnte ich im Wartezimmer liegend einen Arztbericht mitlesen, in dem einige Symptome meines Alters beschrieben wurden. Unter anderem wurde die Grobmotorik mit folgendem Inhalt beschrieben:

kräftiges, alternierendes und beidseitiges Beugen und Strecken der Arme und der Beine. Hält den Kopf in der Sitzhaltung aufrecht, mindestens 30

Sekunden. Bauchlage wird toleriert, Abstützen auf den Unterarmen, der Kopf wird in der Bauchlage zwischen 40 und 90 Grad mindestens eine Minute gehoben. Diese Sachen habe ich alle drauf, offensichtlich kann ich mich in der Entwicklung als völlig normal ansehen. Obwohl ich ruhig in meiner Wiege liege, wird von Zeit zu Zeit immer wieder am Strick meiner Spieluhr gezogen. Und dann kommt zum hunderttausendsten Mal dieses „Mondlied-Gedudel".

Es fällt mir schwer, meine Gedanken nochmals auf meine momentane körperliche Entwicklung zu lenken. Und doch kommen Begriffe wie Perzeption und Kognition wieder in mein Bewusstsein.

Diese Begriffe bedeuten, man fixiert ein Gesicht, folgt ihm und versucht durch Kopfdrehen, die Quelle eines Geräusches auszumachen, das einem bekannt vorkommt. Meine Feinmotorik wird mit meinen Händen in Verbindung gebracht, wenn es mir gelingt, diese spontan zur Körpermitte zu bringen. „Kein Problem", denke ich und bin auch richtig stolz auf mich. Obwohl meine Mutter Maria noch mehrmals am Strick zieht, kann ich meine Erinnerungen an das Arzt-Journal aufrechterhalten. Selbst das Thema soziale und emotionale Kompetenz nehme ich ernst. In einem Artikel dazu wird erläutert: „Kind freut sich über Zuwendung,

Blickkontakt kann gehalten werden, Reaktion auf Ansprache, erwidert Lächeln einer Bezugsperson." All diese Vorzüge habe ich heute Nachmittag beim Besuch einer Bekannten doch mit Leichtigkeit und locker erfüllt.

So langsam fallen mir jetzt die Augen zu. Minuten später nimmt meine Mutter meinen neuen Zustand freudestrahlend zur Kenntnis und legt mich in mein Bettchen, ohne dass ich meine Äugelein noch einmal öffne. An diesem Thema bleibe ich dran, denn das Interesse an meiner weiteren Entwicklung ist doch sehr groß.

Jetzt kann ich mich noch besser konzentrieren, da es völlig ruhig und dunkel im Raum ist. Die Themen Stimmung und Affekt werden wie folgt beschrieben.

„Das Kind erscheint in Anwesenheit durch die primäre Bezugsperson zufrieden und ausgeglichen. Es bleibt bei Ansprache oder nonverbaler Kommunikation durch die primäre Bezugsperson in positiver Grundstimmung ausgeglichen, offen und zugewandt".

Das verstehe ich jetzt nicht ganz, aber ein Arzt wird schon wissen, was er schreibt. Obwohl ich schon sehr müde bin und das Schlafmännchen mir bereits eine gehörige Portion Sand in die Augen gestreut hat, bleibe ich gedanklich am Ball. In meinem Traum wird noch das Thema „Kontakt/ Kommunikation" beschrieben. Traumwandlerisch höre ich die Worte „Das Kind reagiert bei Ansprache oder nonverbaler Kommunikation der primären Bezugsperson mit Lächeln, Wenden des Kopfes oder spontanem Körperkontakt.

Das Kind sendet selbst spontan deutliche Signale zur primären Bezugsperson und sucht mit Blick, Mimik, Gesten und Lauten Kontakt. Das Kind stellt in unbekannten Situationen Körper-oder Blickkontakt zur Rückversicherung zur primären Bezugsperson her".

Diese spezielle Ausdrucksweise mit den immer wiederkehrenden Begriffen wie „primär und Bezugsperson" lassen selbst meinen starken Willen zur Weiterbildung immer schwächer werden. Übergangslos entschwebe ich der Realität und sinke in einen tiefen und langanhaltenden Schlaf. Mit diesen komplizierten Weisheiten beginne ich jetzt sehr hoffnungsvoll meinen vierten Lebens Monat.

Vierter Monat

Durch mein selbst angeeignetes Wissen gehe ich noch optimistischer in die Zukunft. Jetzt bin ich in der Lage, schwierige Situationen noch mehr für mich zu entscheiden. Aber ich kann mich nicht groß beklagen. Maria und Julian sind Vorzeige-Eltern. Zum einen sind sie beide sehr hübsch und zum anderen ticken sie normal.

Das kann man nicht von allen Erziehungs-berechtigten sagen, wie ich bei den gelegentlichen Besuchen bei anderen kleinen Kindern miterleben musste.

Auch Großmutter Lisa und die Großtante Jutta lesen mir jeden Wunsch von den Augen ab, selbst wenn ich sie geschlossen habe. Der Großonkel Hubert ist der Coolste, der Kaspar-Opa der Fleißigste in meinem Umfeld.

Wären da nicht immer die falschen Entscheidungen bei Notsituationen. Selbst wenn es mich am Rücken juckt, werde ich zuerst gewickelt und bekomme dann das Fläschchen, um den Juckreiz loszuwerden. Sie verstehen mich in dieser Situation einfach nicht. Ich schreie weiter, da es sehr unangenehm ist, wenn der Reizschmerz einfach nicht verschwindet.

Als dann noch die Meldung, „es wird der erste Zahn sein" kommt, reicht es mir endgültig. Drei erwachsene Frauen, eine mit Abitur und zwei mit Mittlerer Reife sind nicht in der Lage, ein kleines Kind von seinen großen Schmerzen zu befreien. Ich greife zum letzten Mittel, indem ich heftig zu strampeln anfange und alles um mich herum, was ich zu greifen bekomme, durch das Zimmer schleudere.

Jetzt werde ich in den Arm genommen und man versucht mich zu beruhigen, indem man mir mit der Hand über den Rücken streichelt und so meinen Juckreiz lindert.

Mit großen verweinten Augen schaue ich in die Runde und sehe nur fragende Blicke meiner mich nicht immer verstehenden Betreuer.

So oder so ähnlich verlaufen in den nächsten Tagen weitere schwierige Situationen. Ich muss mir etwas einfallen lassen! Aber wie? Wenn ich meiner Mutter und den Omas über die Art meines Schrei-Reflexes eine Andeutung zukommen lassen könnte, wäre mein Leben sorgenfreier.

Um mein kurzweiliges Babyleben weiter genießen zu können, muss ich weiter an mir arbeiten. Meine Mutter Maria versteht es hervorragend, meine Aufenthalte bei den Omas zu planen. Um selbst mal wieder am Jetset-Leben teilnehmen zu können, fragt sie bei Großmutter Lisa an, ob sie, selbstverständlich nur, wenn sie möchte, den Luis einmal über Nacht nehmen könnte. Für mich war die Antwort meiner Oma so klar, dass ich mich schon wieder anderen wichtigen Dingen zuwenden konnte. Den Ball rollen! Durch seine besondere Form ist er nur schwer zu fixieren. Greift man nach ihm, rollt er von mir weg und ich habe bis jetzt noch keine eigene Fortbewegungsmethode.

Das Rollen von der Rückenlage in die Bauchlage habe ich mir letzte Woche angeeignet und kann jetzt zumindest die Gegenstände erreichen, die in unmittelbarer Nähe liegen. Sollte es mir in Kürze gelingen, von der Bauchlage in die Rückenlage zu gelangen, dann könnte ich mich zumindest in eine Richtung weiterentfernen. Aber bis jetzt ist es nur ein Wunschdenken von mir. In der Regel werde ich rund um die Uhr von meinen älteren Mädels bestens betreut und von denen kommt der weggerollte Ball sofort zu mir zurück. Dass er immer wieder wegrollt und ich ihn auch beim hundertsten Male nicht greifen kann, ignorieren sie einfach. Aber wir sind ja bei der ersten Fremdübernachtung bei meiner Oma Lisa stehen geblieben.

Bereits gegen 16 Uhr werde ich am nächsten Tag von meinen Eltern bei Lisa und Kaspar abgeliefert. Das halbe Kinderzimmer wird mit mir angeliefert.

Maria gibt Oma und Opa noch einige Tipps, wie sie mich, wenn ich weinen sollte, am besten beruhigen können.

Als erfahrene Mutter ignoriert meine Großmutter Lisa die Worte meiner Mutter und widmet sich sofort meiner Gefühlslage, die sich schnell aufhellt, weil mein Opa eine Flasche Bier in der Hand hält.

Zum Abschied gibt es noch einige Küsschen auf meine Wangen und schon haben Maria und Julian den Raum verlassen. Ihnen war die große Vorfreude direkt ins Gesicht geschrieben, denn das wird für sie nach mehr als acht Monaten der erste Abend werden, bei dem sie es so richtig krachen lassen können. In großer Vorfreude bereitet meine Oma Lisa mein Nachtquartier vor, neben den lebensnotwendigen Utensilien wie Kissen und Schlafdeckchen werden noch meine Stofftierspiel-kameraden dazu gelegt. Langweilig wird es mir in der Nacht sicherlich nicht werden, da mit Oskar Reiß und Hansi Flick heute zwei redselige „Stoffexperten" mein Nachtlager mit mir teilen werden.

Aber bis es soweit ist, haben meine Großeltern noch ein kleines Freizeitprogramm für mich zusammen-gestellt. Neben den Pflichtübungen wie Wickeln und Flasche geben, werden diverse Spieluhren aufgezogen, die mir endlich auch den Zugang zu anderen Melodien eröffnen.

Selbst als mein Opa Kaspar mir alte Soldatenlieder vorsingt, beeinträchtigt das meine gute Stimmung nicht.

Neben leichten Rollversuchen kommen auch Greifübungen mit meinen kleinen Fingern zum Abendprogramm dazu. Meine Großmutter Lisa trinkt eine Tasse heißen Tee, ich bekomme noch eine lauwarme Flasche mit Milchpulver und Opa Kaspar trinkt seine zweite Flasche Bier. Leicht übermüdet, aber sehr zufrieden, beende ich gegen 20 Uhr den Tag und werde von Großmutter Lisa in mein Bettchen gelegt.

Durch den netten Abend inspiriert, werde ich gleich klein beigeben und ohne großes Theater meine Äugelein schließen. Großmutter Lisa hält mein Händchen und summt noch eine Melodie, bis ich übergangslos in meine Traumwelt versinke. Heute Nacht möchte ich mich mit dem Phänomen Bier beschäftigen. Diese braunen Flaschen befinden sich in jedem Haushalt und auch bei gelegentlichen Ausflügen kann man sie fast an jedem Ort sehen.

Ich vermute, dass der Inhalt dieser Behälter eine Art Flasche für Erwachsene ist.

Selbst wenn ich mit meinen Fingern eine Flasche auch nur berühre, wird sie schnell weggezogen. Sitze ich einmal auf dem Schoss meiner Mutter oder liege im Kinderwagen, kann ich erkennen, dass nach mehrmaligem Leeren der Bierflaschen im Lokal oder im Biergarten die Gespräche oft an Niveau verlieren und an Lautstärke gewinnen.

Warum das so ist, kann ich noch nicht genau einschätzen, aber ich werde im Laufe meiner weiteren Entwicklung der Sache schon noch auf dem Grund gehen. Mit dieser Erkenntnis verlasse ich meine Gedankenwelt und verbringe den Rest der Nacht traumlos. Natürlich werde ich mit einem Lächeln meiner Großmutter Lisa am nächsten Tag begrüßt. Ganz lieb und professionell wechselt sie mir die Windel, reicht mir anschließend das gut temperierte Fläschchen und übergibt mich dann meinem alten Großvater Kaspar.

Nicht ganz so geschickt, aber sehr aufmerksam umgarnt er mich und wechselt mit mir einige Worte, wobei meine Antworten nur schwer zu verstehen sind. Es macht ihm nichts aus und er tut auch so, als ob er mich verstehen könnte. Kann er nicht! Aber das rechne ich ihm hoch an.

Durch diesen Vollservice habe ich nicht das Gefühl, dass es mir hier an irgendetwas fehlen würde. Selbst als gegen Mittag meine Eltern Maria und Julian mich abholen wollen, bin ich noch so in meinem Verwöhn-Zustand, dass ich sie anfangs gar nicht bemerke.

Mit dem Spruch, „da ist ja unser dicker Knödel", lenkt Julian die Aufmerksamkeit auf mich und nimmt mich sehr liebevoll in den Arm.

Meine Mutter Maria konnte es gar nicht glauben, als meine Oma ihr erzählte, dass ich die ganze Nacht durchgeschlafen habe. Sehr stolz nimmt sie mich in den Arm und lobt mein vorbildliches Verhalten meinen Großeltern gegenüber. Auf dem Heimweg höre ich, wie meine Mutter zu meinem Vater sagt, „glaubst du das, dass Luis die letzte Nacht durchgeschlafen hat?" „Ja, sonst würden sie es nicht sagen", antwortet mein Vater selbstsicher. Minuten später sind wir zu Hause und der Alltag hat uns wieder in seinen Fängen.

Meine Eltern benehmen sich wie frisch Verliebte und ihr Verhalten lässt darauf schließen, dass ihre nächtliche Kneipentour ein voller Erfolg gewesen ist. Die Nachwehen bekomme ich jetzt zu spüren, da sie mit mir auf der Couch einschlafen. Zum Glück haben sie den Fernseher laufen lassen und so kann ich mich ein wenig ablenken.

Auf dem großen Bildschirm läuft gerade ein Fußballspiel. Ihr kennt es doch auch, da bewegen sich junge Männer, die zur Hälfte das gleiche Hemd und passende Hosen dazu tragen. Die andere Mannschaft ist etwas anders gekleidet und so sind die zwei Parteien gut zu unterscheiden. Mal laufen sie in eine Richtung, wenig später rennen sie wieder zurück und so geht es minutenlang hin und her.

Zwischendurch pfeift ein in schwarz gekleideter, älterer Mann in seine Trillerpfeife und wie auf ein Kommando bleiben alle Spieler stehen.

Beim nächsten Pfiff setzen sie sich wieder in Bewegung. Diese Szenen wiederholen sich in den nächsten Minuten immer wieder, ohne dass sich daraus irgendetwas Neues ergibt. Das langweilige Ball- Geschubse lässt meine Augenlider zusammen- klappen und schon versinke ich in bequemer Haltung in den Schlaf. So vergeht dieser langweilige Sonntag sehr schnell und ich freue mich bereits auf den nächsten Morgen.

Da ich mich bereits länger als vier Monate auf dieser Welt befinde, werden mir immer mehr Zusammenhänge klar. Das mit der Zeit habe ich erst letzte Woche richtig kapiert.

Das mit der Uhrzeit, den Stunden, den Minuten und Sekunden hat einen logischen Zusammenhang. Aber warum kommt nach 24 Stunden ein neuer Name (Wochentag) dazu und weshalb beginnt dann alles wieder bei null? Wobei die Wochennamen und die Zahlen in keinem direkten Zusammenhang zu sehen sind. Unlogisch ist auch die Namensgebung. Warum kommt nach dem Montag der Dienstag und warum ist der Freitag nicht vor dem Donnerstag? Und die Monate?

Erklären kann mir das von den Großen keiner. Sie nehmen es als gegeben hin und keiner hinterfragt es. Ich will mich jetzt nicht noch weiter in die Ungereimtheiten der Erwachsenen einmischen und beende meine neugierige Phase. Das Frühjahr ist dem Sommer gewichen, die Temperaturen klettern weit über 20 Grad. Ich liege jetzt meist nur mit einem Body bekleidet in meinem Ausfahrwagen.

Meine Mutter unternimmt mit mir immer mehr alltägliche Versorgungsfahrten im Ort.

Zur Poststelle, anschließend zum Bäcker und dann auch noch zum Discounter. Das schöne Wetter verleitet noch mehr Menschen, es uns gleich zu tun. So ergeben sich immer häufiger soziale Kontakte, die meist in einem kleinen Ratsch mit meiner Mutter enden.

Wie eine Trophäe werde ich den verschiedensten Leuten zum Anschauen angeboten. Die Reaktionen sind sehr unter-schiedlich. Die einen wollen mir mit ihrem Gesäusel und unnatürlichen Handbewegungen imponieren, die anderen greifen schon mal mit ihren Händen nach mir und wollen mich knuddeln. Wenn ich dann noch ein kleines verschmitztes Lächeln aufsetze, kommen schnell die ersten positiven Rückmeldungen. Von „ein süßer

Junge" über ein „ganz die Mama" und „Engele", nehmen einige Kommentare auch beleidigende Züge an. „Das ist schon ein nettes Bummele", oder „der ist schon ein ganz schöner Propper"! Obwohl mir die Begriffe Bummele und Propper nicht bekannt sind, höre ich zwischen den Zeilen einen gewissen Unterton. Wie auch immer, die zwei Gesichter merke ich mir und sollte Maria in Zukunft noch einmal Kontakt mit diesen Typen aufnehmen, gibt es mit mir kein Geschäker mehr.

Am meisten getroffen haben mich die Aussagen von Marias besten Freundinnen, als sie kurz auf mich aufpassten. Dass ich schon zu dick und ein plumper Sack sei. So etwas sagt man nicht, meine Damen. Erschwerend kommt noch hinzu, dass diese Modepüppchen mir vor Maria immer Honig um den Mund schmieren und so tun, als ob ich das perfekte Baby sei. Na ja, da muss ich jetzt durch.

Da aber die überwiegende Mehrheit mein Äußeres als süß, lausbubenhaft, spitzbübisch und großartig ansieht, komme ich über die Aussagen der falschen Hexen gut hinweg. Nach den unterschiedlichen Kommentaren konzentriere ich mich wieder voll auf mich.

Zu Hause angekommen, werde ich auf meine Decke, die im schattigen Rasen liegt, gelegt. Da meine Windel noch trocken ist, versuche ich heute noch die perfekte Drehung. Drehungen sind nur in diesem Zustand möglich, da noch keine Unwucht entstanden ist.

Bei einer vollen Windel ist der Schwerpunkt zu tief und macht eine komplette Drehung fast unmöglich. Mit leichten Wipp-Bewegungen bringe ich meinen Körper in einen Schaukelzustand, der dann über kurz oder lang eine Wälzbewegung nach sich zieht. Bei meinem fünften Anlauf ist es endlich so weit.

Es funktioniert! Ja, das macht Spaß und so versuche ich es immer wieder, um die Technik zu stabilisieren. Und tatsächlich rolle ich Minuten später wie eine Murmel über die Decke. Sehr wohlklingende Worte erreichen meine Ohren und so steigt mein Selbstvertrauen wieder an.

Meine Mutter klatscht mit den Händen und ist mächtig stolz auf ihren Erstgeborenen. Durch meine Reichweiten-Erweiterung habe ich jetzt andere Möglichkeiten. Gerätschaften, mit denen ich auf meiner Decke spiele und die aus verschiedensten Gründen nach dem Gebrauch nicht mehr greifbar waren, erreiche ich jetzt spielerisch durch meine Rolltechnik. Eine neue Epoche hat begonnen. Früher musste ich meinen Schreireflex aktivieren und die Aufmerksamkeit auf mich lenken und wenn ich Glück hatte, erkannte eine meiner großen Freundinnen mein Problem, dass ich nicht an mein gewünschtes Spielzeug gelangen konnte. Sehr selbstsicher gehe ich heute Abend in mein Bettchen und hoffe auf eine ruhige Nacht.

Meine Traumwelt unterstützt meinen Schlaf nach besten Kräften und lässt nur ein paar Stofftiere durch die Nacht gleiten.

Gut ausgeschlafen und mit gestärktem Selbstbewusstsein beginne ich die nächsten Tage und freue mich schon auf weitere Entwicklungsstufen, die jetzt anstehen. Eigenständiges Sitzen wäre eines meiner nächsten Wunschziele. Auch das Zuführen von Speisen mit einem Löffel aus einem Gläschen würde meinem Entwicklungsstatus weiter nach vorne puschen.

Fünfter Monat

Meine Wünsche erfülle ich mir in den nächsten Tagen selbst. Das mit dem Sitzen ist gar nicht schwer zu erlernen gewesen. Zuerst habe ich mich in meinem Kinderwagen aus der Liegestellung mit den Händen nach oben gezogen.

Dieser Vorgang hat auch meine Bauchmuskeln beansprucht, darum hatte ich die nächsten Tage auch einen leichten Muskelkater gespürt. Dieses Aufbäumen im Kinderwagen ist aber leider niemanden aufgefallen und so wurde meine erste Sitzstellung erst einige Tage später bemerkt.

„Aus der Rollbewegung in den Sitz", so kann man meinen Entwicklungssprung am besten beschreiben. Von der zufällig anwesenden Besucher-schar wird mein Kraftakt sehr wohlwollend mit ermunternden Zurufen und Schmeicheleien begleitet. Da mir die Huldigung gut gefällt, wiederhole ich mein Kunststück noch ein paarmal und fühle mich jetzt weiter gestärkt. Diese Neuigkeit wird am Abend von meiner Mutter freudestrahlend an Julian weitergegeben.

Mein Vater sieht jetzt seinen „dicken Knödel" in einem ganz anderen Licht. In der darauffolgenden Nacht wiederhole ich meine Meisterleistung im

Traum noch viele Male. Durch die schönen frühsommerlichen Tage halten wir uns sehr oft im Freien auf. Meine Mutter achtet sorgfältig auf den Sonnenschutz und cremt mich mehrmals am Tage ein. Diesem konsequenten Handeln sind allerdings unzählige Debatten mit Großtante Jutta im Vorfeld voraus gegangen.

Um mich beim Spazierengehen weiter bei Laune zu halten, singen meine Fahrerinnen mir neue Kinderlieder vor. Die Textsicherheit ist noch nicht bei jeder vorhanden, mehrmals muss ich mir darum die erste Strophe anhören. Singen Großmutter Lisa und Großtante Jutta live, so bekomme ich von Maria das Liedgut meist über ihr Tablet.

Die moderne Art der Wiedergabe hat den Vorteil, dass die Texte stimmig sind und auch alle Strophen gehört werden können. Hinterlegt sind meist noch kurze Filmchen mit lustigen Comics. Egal wer mich schiebt, ich genieße es im Freien zu sein. Wenn ich im Schatten liege und mich niemand bewegt, höre ich den Vögeln beim Singen zu.

Mein Opa Kaspar hat mit dem Großonkel Hubert in einem kleinen Waldstück einen Biergarten gebaut. Dieser Begriff ist für mich neu, obwohl ich die beiden Worte Bier und Garten schon gut zuordnen kann.

Dieser besondere Ort wird von uns in der nächsten Zeit sehr oft besucht werden, denn da ist immer was los. Ob wir grillen oder eine Brotzeit machen, ob wir (alle außer ich) eine Flasche Wein trinken oder auch nur Kaffee und Kuchen zu uns nehmen, geht von diesem Platz eine besondere Magie aus. Als meistgetrunkenes Getränk kristallisiert sich schon das Bier heraus. Gelegentlich wird mal die Biermarke gewechselt und statt dem Hellen wird auch schon mal ein Weizenbier getrunken.

Unabhängig von allen Marken, die getrunken werden, haben alle Besuche in der Bier-Oase denselben Ablauf. Der Beginn ist sehr gesittet, man spricht über bekannte Themen, nimmt parallel dazu eine Brotzeit zu sich und plaudert ohne großen Inhalt. Mit zunehmenden Getränkeaufnahmen wird es übergangslos etwas lebhafter.

Einzelne Interessengruppen nehmen sich die Politik, andere den Sport und dritte das Klima zum Thema. Am meisten Uneinigkeit ergibt das Themenfeld Politik. Hier kann es schon mal vorkommen, dass man sich kurzzeitig in die Haare gerät. Ich kann nur wenig Einfluss nehmen, da ich leicht abseits des Biertisches in meinem Kinderwagen sitze und nur als Zuhörer am Geschehen teilnehmen kann.

Am Ende des Abends sprechen die meisten Biergartenbesucher, ohne auf Fragen zu hören. Jeder möchte sich Geltung verschaffen und verstärkt gleichzeitig auch die Lautstärke seiner

Stimmlage. Und so enden einige laue Sommernächte sehr niveaulos. An mir liegt es nicht, aber noch bin ich nicht in der Lage, das Ganze so zu koordinieren, dass der Niveauspiegel angemessen ist. An diesen geschichtsträchtigen Ort gelangen mitunter auch Schnaken. Als ob sie es wissen, dass ich noch das frischeste Blut in mir habe, besuchen sie mich sehr gerne und saugen mir meine kostbare Flüssigkeit ab.

Auf die schmerzhaften Stiche reagiere ich mit meiner nach wie vor stärksten Kommunikations-waffe, dem Schreireflex! Mein herzhafter Schrei lässt keinen meiner Trinkkumpane kalt und immer kommt große Anteilnahme auf mich zu. Die nicht immer ernst zu nehmenden Kommentare überhöre ich und zeige den betroffenen Arm meiner Mutter Maria. Sie kümmert sich rührend um mich, tröstet und streichelt mich und cremt die betroffene Stelle mit einem schmerzlindernden Gel ein. Und so geht dieser erste richtige Besuch im Biergarten für mich sehr schmerzreich zu Ende.

Aufgrund des sehr hohen Bierkonsums werde allerdings nicht nur ich am Morgen noch leichte Schwierigkeiten haben. Dieses ereignisreiche, gesellschaftliche Event im Gedächtnis beginne ich den nächsten Tag wieder in der gewohnten Manier. Die bei den Menschen größtenteils vorhandene

Redewendung, dass die kleinen Kinder frei aufwachsen und keinem Stress unterliegen, teile ich nicht immer.

Zwischen der U4 und der U5 liegen ja nur zwei Monate. Als meine Mutter etwas sorglos das Kinderuntersuchungsheft im Kinderzimmer liegen gelassen hat, werfe ich selbstverständlich einen Blick darauf. Ich muss schließlich wissen, was bei der nächsten Untersuchung auf mich zukommt. Doch bevor es soweit ist, lasse ich mir noch einmal die Ratschläge des Arztes meines Vertrauens durch den Kopf gehen, die er mir anlässlich unseres letzten Treffens mit auf den Weg gegeben hat.

„Die meisten Babys werden in diesem Zeitraum immer mobiler und aktiver. Sie beginnen nach Dingen zu greifen und zu lächeln. Sie reagieren auf ihre Bezugsperson. Außerdem machen sie sich durch bestimmte Laute bemerkbar. Wir achten dann vor allem darauf, ob sich das Baby körperlich und geistig altersgerecht entwickelt.

Unter anderem wird auch beobachtet, wie sich das Kleinkind bewegt. Des Weiteren prüfen wir, ob das Baby hören und sehen kann. Außerdem interessiert uns Ärzte, wie Mutter und Kind im Kontakt sind.

Es wird auch wieder eine körperliche Untersuchung durchgeführt und dabei wird kontrolliert, ob die Knochenlücke am Kopf (Fontanelle) ausreichend groß ist, damit der Schädel weiterhin problemlos wachsen kann." Im gleichen Maße werden noch weitere Schritte vom Doktor sehr penibel erklärt. Das schenken wir uns jetzt, denn alle angesprochenen Anforderungen werden von mir entweder erfüllt oder zumindest verstanden.

Mit dem enormen Wissensstand kann ich beruhigt die nächsten Schritte in meinem noch so jungen Lebens vorangehen. Ende Juni kann ich eine gewisse Betriebsamkeit in meinem Umfeld feststellen.

Über meine gute Auffassungsgabe bekomme ich schnell heraus, dass mein Opa Kaspar in kürze seinen 70ten Geburtstag feiern wird. Der Begriff 70 ist mir nicht bekannt, deshalb werde ich mich in der nächsten Zeit etwas schlau machen. Nachdem ich mir verschiedene Meinungen und Gespräche angehört habe, kann ich mir endlich ein eigenes Bild machen. Ich muss feststellen, dass mein Opa ein ganz schön alter Mann ist. Und warum feiert er das Altwerden?

„Er wird seine Gründe haben", denke ich für mich, lasse den offenen Gedanken aber bald wieder fallen. Zu meinem Leidwesen organisiert meine Mutter Maria den Jubeltag meines alten Opas. Sie verkürzt damit automatisch die Zeit, die eigentlich für mich eingeplant war.

Minutenlang rolle ich auf meiner Spieldecke hin und her, ohne dass sich jemand um mich kümmert. Auch das „im Wagen liegen gelassen werden", passiert mir in der Vorbereitungszeit mehrmals.

Selbst der mittlerweile gute Rhythmus zwischen Wickeln und Flasche geben gerät durcheinander. Bevor ich aus Protest meine bekannten Kommunikationsmöglichkeiten ausschöpfe, schaue ich dem Treiben noch eine geraume Zeit zu. Sollte es morgen ein richtig schönes Fest werden, dann kann ich ja mal ein Auge zudrücken.

Mit der Enttäuschung über die Vernachlässigung und das links liegen gelassen werden verbringe ich eine sehr unruhige Nacht. Etwas versöhnlicher beginnt der nächste Morgen, denn ich werde mit meiner Lieblingsbekleidung dekoriert. Der „Lederhosen- und Bergsteigerhemd-Overall" wird heute das erste Mal von mir getragen.

Natürlich sehe ich schick darin aus. Wenn man eine Tracht trägt, kann ruhig etwas in der Hose sein, denke ich für mich, ohne aber an meinen nach oben offenen Bodymaßindex zu erinnern. Mama und Papa holen heute auch den besseren Zwirn aus dem Schrank und schließlich sehen wir alle drei echt schick aus. Als wir vor der Haustüre meines Opas stehen, steckt mir Maria noch eine Blume in meine kleine Hand.

Ohne dass meine Eltern es merken, stecke ich das bunte Grünzeug in meinen Mund und kaue darauf herum. Erschrocken wird mir der Stängel aus dem Mund gezogen. Durch diese unverhoffte Aktion wird automatisch mein Schreireflex aktiviert und ich fange ansatzlos zu weinen an. Genau in diesem Augenblich öffnet sich die Türe und der Jubilar steht vor mir. Obwohl ein paar Tränen meine Wangen bereits passiert haben, stelle ich sofort auf Freude um.

Mein Opa ist begeistert. „Ja, wenn du den Opa siehst, dann musst du lachen", resümiert er meinen schnellen Sinneswandel. Nach dem Austauschen der Glückwünsche begeben wir uns in den wunderbar geschmückten Garten meiner Großeltern. Wir sind bei den Ersten und können uns deshalb in aller Ruhe die liebevoll geschmückten Tische und Bäume ansehen. Neben einer großen Bilderkette, die zwischen zwei Bäumen gespannt ist und wo ausschließlich mein Opa Kaspar zu bewundern ist, erkenne ich noch eine ganze Menge von schönen Dingen. Wegen der erwarteten großen Anzahl an Gratulanten hat mein Großvater kein Flaschenbier bereitgestellt.

Heute wird die berauschende Flüssigkeit in Fässern ausgeschenkt. Diese Art der Verköstigung hat den großen Vorteil, dass die wohlschmeckende Menge schneller in die durstigen Kehlen der Gäste gelangt. Mit zunehmender Zeit füllt sich der festlich geschmückte Garten immer mehr mit Gästen. Schnell kann ich erkennen, dass neben meinem Opa ich die am meisten angelaufene Person bin. Viele fremde Gesichter werden mir vorgestellt. Jeder möchte mir eine Freude bereiten.

Einige schneiden komische Grimassen, verrenken sich, oder bringen Babylaute zum Besten. Sehr stolz präsentiert mein Opa sein Enkelkind.

Offensichtlich kann ich ihm mit meiner Anwesenheit eine große Freude bereiteten. Die absurdesten Ähnlichkeiten werden meinen Gesichtszügen angedichtet. Namen sämtlicher Verwandten werden genannt, um irgendeine Ähnlichkeit zu finden. Ich lasse diese Beschauung noch eine gewisse Zeit über mich ergehen, ohne mich groß aufzuregen.

Zur richtigen Zeit erscheint meine Second-hand-Oma, Großtante Jutta. Sie nimmt mich in den Arm und unterwirft mich einem Kinderschutzprogramm, indem sie mich ins Haus nimmt, meine nasse Windel wechselt, mir die Flasche reicht und mich anschließend im Kinderwagen für eine Stunde entführt. Jetzt ist es wieder ruhig, obwohl wir auch zu viert unterwegs sind. Großtante Jutta schiebt, ich,

Hansi Flick und Oskar Reiß liegen im Wagen. Als wir nach einer Stunde zurückkommen ist die Party schon weiter fortgeschritten und die Stimmung sehr feuchtfröhlich. Abermals wird mein Erscheinen zur Kenntnis genommen und ich wandere von Arm zu Arm.

Da sich viele erfahrene Mütter in der geselligen Runde befinden, erfährt meine Mutter weitere wichtige Details über meine weitere Erziehung.

Gott sei Dank kann sie sich diese Flut an guten Ratschlägen nicht alle merken, deshalb gehe ich davon aus, dass sich an meiner jetzigen Erziehungsform nichts ändern wird. Der überwiegende Teil der Gäste befindet sich bereits im „Opa und Oma Alter". Neben meiner optischen Einschätzung erkenne ich an der Art der Kommunikation, die sich größtenteils mit Krankheitsthemen befasst, dass viele ihre finale Phase bereits begonnen haben. Mama und Papa sehen mich heute nur ganz selten, da meine Vorstellungsaktionen noch den ganzen Tag weiterlaufen. Jetzt, wo die Nacht so langsam den Tag verdrängt, noch kein Gast das Fest verlassen hat, die im Hintergrund laufende Musik von deutschen Schlagern geprägt ist, erinnere ich mich sofort an meinen letzten Biergarten- Besuch.

Im gleichen Maße wie die Stimmen der Gäste lauter werden, sinkt das Niveau der Gespräche. Sollte ich da jetzt bereits meine Lehren daraus ziehen?

Nein, ich kann ja noch gar nicht sprechen. Meine Äugelein werden nun immer schwerer und fallen langsam zu.

Am späten Abend verlassen wir die Feier, ohne dass ich es mitbekomme. Die Nacht ist ruhig, ausgeschlafen lache ich am nächsten Morgen meine Mutter beim Wecken strahlend an. Am Frühstückstisch plaudern meine Eltern noch eine geraume Zeit über den gestrigen Tag.

Einige Ereignisse werden herausgepickt und noch einmal unter die Lupe genommen. Modetrends, Essensgewohnheiten und Benehmen der gestrigen Gesellschaft werden näher betrachtet. Aus meiner Sicht war das gestern eine gelungene Veranstaltung. Wie wird wohl meine erste Geburtstagfeier werden? Na ja, da haben wir noch eine geraume Zeit vor uns. Maria und Julian sind noch etwas gezeichnet, denn sie sind auch keine Kostverächter in Sachen feiern, essen und trinken.

Deshalb fragt meine Mutter Maria meinen Vater, ob er einen „Kater" habe. „Na klar haben wir einen Kater", denke ich für mich und meine Zazu, unseren graugefleckten Streuner, der uns in unregelmäßigen

Abständen immer wieder mal eine tote Maus vor die Haustüre legt.

Aus dem Kater werde ich nicht schlau. Manchmal kommt er mir sehr nahe, schaut mich mit seinen großen Augen sehr liebevoll an und ich denke, dass wir sogar Freunde werden könnten. Tags darauf läuft er an mir vorbei, als ob wir uns gar nicht kennen. Na ja, muss ich nicht verstehen. Die nächsten Tage verlaufen in einem ruhigen Fahrwasser.

Durch meine konsequente Essensaufnahme gedeiht mein Körper prächtig.

Mir schmeckt es jeden Tag besser und mit dem Essen aus dem Gläschen mit dem Löffel kommt eine enorme Geschmacks-vielfalt auf mich zu. Obstsorten wie Pfirsich, Apfel, Aprikosen erfreuen meinen Gaumen noch mehr. Als dann noch Tage später deftigere Speisen wie Hähnchen mit Kartoffel oder Karotten mit Fisch gereicht werden, ist mein Babyleben nicht mehr zu toppen. Ob dies meinem Bodymaßindex zugutekommt, lassen wir mal dahingestellt. Apropos Index. In den nächsten Wochen steht meine nächste Untersuchung an. Die U5.

Sechster Monat

Um in meiner Entwicklung nicht zurückzubleiben, informiere ich mich in einem Kinderuntersuchungsheft, das beim Kinderarzt auf dem Tisch liegt. In der Vergangenheit hat sich meine Methode, immer gut vorbereitet zur Untersuchung zu erscheinen, bestens bewährt.

Deshalb lese ich die Vorgaben im Heft immer ganz genau. Durch diesen Wissensvorsprung werde ich auch diesmal keine Probleme bekommen.

Die Untersuchung vergleicht Babys im sechsten und siebten Lebensmonat. Dazu lese ich „Die meisten Babys können ihren Oberkörper auf den gestützten Armen anheben. Sie lachen, wenn sie geneckt werden und sie versuchen vielleicht schon, sich mit Lautketten wie „die-die-die" mitzuteilen. Bei einigen Babys setzt jetzt das „Fremdeln" ein, Ihr Baby unterscheidet also in seinem Verhalten zwischen bekannten und unbekannten Personen. Typisch für diese Alter ist auch, dass Gegenstände in die Hand genommen und in den Mund gesteckt werden. Der Arzt achtet bei der U5 insbesondere darauf, ob es bei ihrem Baby Hinweise auf Entwicklungs- verzögerungen oder -risiken gibt. Ihr Baby wird körperlich untersucht.

Um Hinweise auf Sehstörungen zu bekommen, werden zur Untersuchung der Augen bestimmte Tests durchgeführt. Der Arzt beobachtet, wie beweglich ihr Baby ist und wie es seinen Körper beherrscht.

Außerdem interessiert sich der Arzt für den Kontakt zwischen Ihnen und Ihrem Baby. Sehr wichtig ist das Gespräch über Unfallverhütung, Ihr Verhalten, wenn das Baby schreit und die Vermeidung von Schlafstörungen.

Die Förderung der Sprachentwicklung ist ein weiteres Thema. Weiterhin werden die Rachitis-Prophylaxe mittels Vitamin D und die Kariesprophylaxe mittels Fluorids besprochen. Sie erhalten von dem Arzt Rat zur Mundhygiene. Zur Abklärung von Auffälligkeiten an den Zähnen oder der Mundschleimhaut bei Ihrem Baby werden sie zum Zahnarzt verwiesen. Sie erhalten Informationen zu regionalen Unterstützungsangeboten." Die U5 wird mir sehr viel abverlangen. Ich lege die Broschüre wieder auf den Tisch und widme mich wieder dem Tagesgeschehen. Julian und Maria machen meinen Kinderwagen startklar, denn die nächsten Stunden verbringen wir in freier Natur. Die Sonne scheint, die Vögel singen und meine Eltern schlendern händchenhaltend neben mir her. Eigentlich gibt es keinen Grund, sich zu beschweren.

Wäre da nicht der Schmerz im Kieferbereich. Der bohrende Schmerz verstärkt sich immer mehr und ich beginne leicht zu wimmern. Der neue schmerzhafte Zustand bleibt meinen Eltern nicht verborgen.

Sie kümmern sich liebevoll um mich, aber wie wollen sie mir helfen? Der Schmerz verstärkt sich weiter und aus einem leisen Wimmern ist jetzt ein lautes herzergreifendes Weinen geworden. Zufällig vorbeigehende Passanten sind auf meine schmerzhafte Situation aufmerksam geworden und bleiben stehen. Meine Eltern sind sehr beunruhigt und mich bringen die bohrenden Schmerzen fast zur Verzweiflung. Wie kommen wir aus dieser verzwickten Situation wieder heraus? Mein Schreireflex hat den lautesten Level erreicht, immer mehr Menschen stehen um uns herum. Instinktiv greife ich mit meinem

Händchen den Mittelfinger meiner Mutter und stecke ihn in meinen Mund. Langsam kann ich den Schmerz etwas verringern, aber dennoch laufen mir große Krokodils-Tränen über die Wangen. Schluchzend und auf dem Arm meiner Mutter sitzend verbringe ich die nächsten Minuten sehr geborgen. Der Finger meiner Mutter beschert mir in der nächsten Zeit eine weitere Erleichterung.

Wichtig für mich ist, dass die richtige Diagnose getroffen worden ist. Mein erster Zahn! Die nächsten Tage vergehen nicht ohne Schmerzen.

Durch kühlende Salben und gutes Zureden versuchen wir gemeinsam, die schwere Zeit zu überbrücken. Freudestrahlend wird mein erster Zahn von allen bewundert. Per SMS wird diese frohe Botschaft an alle Freundinnen meiner Mutter und Omas verschickt.

Wenn jedoch die Schmerzintensität bei jedem neuen Zahn so hoch ist, verzichte ich lieber auf diese Neuerung. Langsam kehrt wieder der Alltag bei uns ein. In den nächsten Nächten lässt mich ein erneuter Kieferschmerz wach werden. Vorsichtshalber aktiviere ich meinen Schreireflex. Maria und Julian sind sofort bei mir. Beide deuten meine Weinattacke richtig, meine Mutter steckt mir sofort ihren Finger in den Mund, der meinen Schmerz stabilisiert. Julian holt inzwischen die Kühlpaste aus dem Kühlschrank und streicht meinen kompletten Mundbereich damit ein. Damit bekommen wir die Schmerzen in den Griff und bald kann ich im Arm meiner Mutter wieder in den Schlaf versinken. Natürlich wird am nächsten Tag die Nummer Zwei genau beäugt und mir ein tapferes Verhalten attestiert.

In unregelmäßigen Abständen wiederholt sich das und schon bald kann ich fünf Zähne mein Eigen nennen. Um diese Erkenntnis reicher, verbringe ich die nächsten Tage im Haus, da es draußen regnet. Meine Eltern haben einen super Bildschirm an der Wand hängen. Der ist doppelt so groß wie der meiner Großeltern. Normalerweise darf ich nicht vor ihm sitzen, nur wenn es einmal nicht anders geht, komme ich in den Genuss. Man kann mit einer Konsole eine Menge von Sendern anklicken. Papa schaut am liebsten Fußballspiele, Mama eher etwas Spannendes. Es kann schon mal vorkommen, dass beide Elternteile vor dem Bildschirm einschlafen.

In dem Fall widme ich meine ganze Aufmerksamkeit der Berichterstattung des Senders. Heute wird bei Phönix live aus dem Bundestag übertragen. Die Kamera ist in einen großen Raum gerichtet.

Dort steht eine Menge von Stühlen, die aber nur spärlich besetzt sind. Vor den Stühlen ist ein Rednerpult platziert. Kurz dahinter und etwas höher sitzen auch noch ein paar Männer und Frauen. Die Kamera ist aber nur auf das Rednerpult gerichtet. Dort erzählen Männer und Frauen Geschichten.

Auf den Stühlen vor dem Pult wird dann anschließend geklatscht, wild durcheinandergerufen, oder auch mal gepfiffen. „Komisch" denke ich für mich, obwohl alle das gleiche hören, regieren sie doch sehr unterschiedlich. Das soll noch jemand verstehen. Diese Art der Wissensvermittlung bringt mich nicht weiter und so schlafe ich langsam ein.

Als mich wenig später Maria und Julian wecken, wird mir ein Gläschen mit einer Apfelmus-Gries-Mischung zum Verzehr angeboten.

Und hier möchte ich einmal ein grundsätzliches Thema ansprechen. In zwei Wochen liege ich wieder auf dem Tisch des Kinderarztes. Er wird neben vielen guten Daten auch wieder auf meinen Bodymaßindex zu sprechen kommen. Hier wird er mit leicht gehobenem Zeigefinger meinen Wert anprangern. Wenn meine Essensaufnahme nicht besser koordiniert wird, kann ich die hohen Werte nie verlassen.

Es kann schon mal vorkommen, dass man mir dreimal hintereinander ein Mittagsessen in Form von Flaschen und Gläschen verabreicht. Bin ich bis 11 Uhr bei Mama, denkt die sich, es ist noch etwas früh, aber warum nicht. Minuten später steckt sie mir eine volle Flasche mit Milchpulver in meinen Mund. Kaum ist diese geleert, holt mich auch schon Lisa ab, um mit mir im Kinderwagen spazieren gehen zu können. Großmutter Lisa denkt sich, wenn er schläft, soll er nicht wegen eines Hungergefühls aufwachen.

Gedacht, getan! Kurze Zeit später sitze ich auf dem Schoss meiner Großmutter und werde mit einem Löffel gefüttert. Diesmal Hähnchen mit Nudeln. Nach dem Verzehr und meinem „Bäuerle" liege ich im Wagen und schon bewegen wir uns draußen auf der Straße.

Durch das Schaukeln meines Gefährts versinke ich in eine Kurzschlafphase und werde erst wieder durch ein Gespräch zwischen Großmutter Lisa und Großtante Jutta wach. Mit den Worten „Ich muss noch schnell zum Einkaufen" gibt mich Großmutter Lisa noch auf der Straße in Großtante Juttas Hände. Ich kann Großtante Juttas Gedanken förmlich lesen: Der Bub wird nach dem Schlafen sicher Hunger haben! Gedacht getan.

Fünf Minuten später steckt bereits wieder eine Flasche in meinem Mund. Obwohl ich durch meine Passivität beim Trinken meiner Flaschengeberin deutliche Signale sende, lässt sie nicht von mir ab und steckt mir immer wieder das Gefäß in den Mund. Um noch nicht noch mehr Stress zu bekommen, lenke ich ein und ziehe die restliche Milch aus der Flasche.

Die Uhr auf Großtante Juttas Handy steht auf 12 Uhr 30. Das waren innerhalb von 90 Minuten drei komplette Mahlzeiten. Wann verstehen die drei Damen endlich, dass weniger oft mehr sein kann.

Aber bis ich hier einen Richtungswandel bewirken kann, wird noch geraume Zeit vergehen. Ich komme mir vor wie ein Alkohol-abhängiger, dem in der Entziehungskur täglich ein Kasten Bier zum Verzehr angeboten wird.

Was noch erschwerend dazu kommt, ist der Zeitpunkt, denn morgen ist der 28. August, an dem meine U5 durchgeführt wird. Ich sehe schon heute die Stirnfalten des Kinderarztes beim Verkünden meiner Daten. Aber lassen wir den Tag mal auf uns zukommen.

Bei der Hinfahrt sprechen meine Eltern meine Verhaltens-weisen an, die es verdienen, später erwähnt zu werden. Routiniert nimmt mich der Kinderarzt meines Vertrauens in seine Obhut. Er zieht an meinen Händchen und Beinen, sieht in meine Ohren, öffnet mir meinen Mund, verdreht meinen Kopf, kitzelt mich an der Fußsohle und setzt noch akustische Signale.

Ich sehe dem Treiben locker zu, deshalb sind alle mit mir zufrieden.

Kein Jammern oder Quengeln. Maria und Julian sind sehr stolz auf mich, da ich diese Tortur wie ein „echter Mann" über mich habe ergehen lassen. Aber das Schlimmste kommt erst noch. Es tut nicht weh und ich muss auch kein Kunststück vollbringen. Ich werde gewogen und abgemessen! Kopfumfang: 44,5 cm – Körperlänge: 73 cm – Körpergewicht: 9865 Gramm! Wir lassen die Werte erst einmal sacken.

Ich kann damit noch wenig anfangen, da meine mathematischen Fähigkeiten noch nicht so weit entwickelt sind, um mir ein eigenes Urteil erlauben zu können. Und so bin ich wieder einmal auf die anderen angewiesen.

„Aber 1.865 Gramm in 16 Wochen sind doch nicht zu viel, oder?" Bevor ich mir hierüber noch weiter meinen Kopf zerbreche, warte ich lieber die Expertise meines Arztes ab.

„Die Gewichtszunahme hat sich im letzten Zeitraum stabilisiert. Luis ist mehr und schneller gewachsen, damit konnte die moderate Gewichtszunahme seine Werte leicht nach unten bringen.

Er ist wieder in der Toleranz. Aber er bewegt sich nach wie vor auf der oberen Seite.

Bitte achten Sie weiterhin auf eine ausgewogene und mengenmäßig leicht reduzierte Nahrungsaufnahme." Mit diesen Worten spricht mir der Mediziner voll aus dem Herzen.

Aber wie kann ich in Zukunft, mein Dreigestirn davon überzeugen, mich nicht als Mast-Kind anzusehen? Ich weiß, sie meinen es alle gut, aber das hilft mir in der nächsten Zeit nicht weiter. Als Resümee stellt uns mein Kinderarzt ein gutes Zeugnis aus. Meine Reflexe sind hervorragend, mein weiterer Entwicklungsstatus ist überdurchschnittlich und auch mit meiner Konversation liege ich weit vorne.

Mit diesem Ritterschlag verlassen wir wenig später die Praxis. Zufrieden erreichen wir unser Zuhause, wo meine Großmutter Lisa bereits auf uns wartet. Julian und Maria beantworten alle Fragen, erzählen vom guten Ergebnis und sind sichtlich stolz auf mich. Von den zukünftig reduzierten Mahlzeiten erzählen sie meiner Oma nichts.

Das stört mich sehr, denn das war letztlich die Kernbotschaft meines Arztes. Mit diesem Tiefschlag habe ich nicht gerechnet, darum trübt sich meine Stimmung leicht ein. „Wenn die nicht mitspielen, dann muss ich die ganze Sache wohl selbst in die Hand nehmen", denke ich für mich und habe auch gleich die ersten Ideen.

Wechseln wir das Thema und kommen wieder in das Alltags-geschehen. Wegen der zunehmend warmen Sommertage werden meine Ausfahrten mit dem Kinderwagen immer häufiger. So ein Event beinhaltet neben dem monotonen Schaukeln beim Schieben auch Besuche beim Discounter, beim Bäcker und bei Bekannten.

Solange der Wagen in Bewegung ist, passiert nicht viel. Ich stelle mich schlafend, damit die Schieberin mit mir zufrieden ist. Interessant wird es erst, wenn unser Gefährt zum Stehen kommt. Grund dieser plötzlichen Stopps sind meistens Kommunikationsrunden meiner Mutter oder meiner Omas mit Gleichgesinnten. Da rentiert es sich schon, Augen und vor allem die Ohren offen zu halten.

In diesen speziellen Gesprächsrunden wird meist über Dritte, die neuesten Geschehnisse im Ort oder über andere heranwachsende Kinder gesprochen.

Wenn sie tuscheln, ist es meist etwas sehr Wichtiges, oft auch persönlich und manchmal auch spannend. Über diesen Kommunikationsweg erfahre ich alles Wichtige im Ort, wer gerade mit wem, wessen Kamin beim Heizen besonders stickige Luft in den Himmel bläst, wer momentan im Krankenhaus liegt und warum die Zeitungsausträgerin die Zeitung so spät bringt. Dies war jetzt nur ein kleiner Auszug von meinen beiden letzten Kinderwagenrunden.

Am Wochenende fahren meine Eltern und ich schon mal etwas weiter weg. Manchmal übernachten wir dann in einem Hotel. Diese Fahrten gefallen mir gut, da ich hier sehr viele neue Eindrücke sammeln kann. Auch die Diskussionen im Auto zwischen meinen Eltern bringen mir eine ganze Menge. In so konzentrierter Form habe ich sie selten. Mit jeder neuen Fahrt kann ich ihre Stärken und Schwächen aufnehmen, um sie beim nächsten schwierigen Problem für mich zu nutzen. Natürlich muss ich bei Julian anders vorgehen als bei Maria. Mit den Erkenntnissen und Erfahrungen aus unseren Ausflügen beginnt eine neue Epoche für mich.

Mein Selbstvertrauen ist jetzt sehr gestärkt, deshalb bin ich überzeugt davon, dass mich in der nächsten Zeit wohl nichts mehr so schnell vom Hocker haut.

Siebter Monat

Der August und der September sind wohl die besten Monate, um in den Biergarten zu gehen. Ihr erinnert euch, mein Opa und der Großonkel Hubert haben unweit unseres Hauses einen gebaut. Er wird zurzeit fast täglich genutzt, um mal eine Halbe Bier zu trinken oder auch mal das Abendessen einzunehmen. Gewisse Regeln müssen unbedingt eingehalten werden. Das Essen kann man von zu Hause mitnehmen, das Bier nicht. Das Bier muss vor Ort gekauft werden.

In diesem speziellen Biergarten wird es spendiert. Als sogenannte Stammgäste kann ich neben meinem Papa und meiner Mama noch meinen Opa Kaspar und den Großonkel Hubert nennen. Durch den Generationenunterschied kommen manchmal interessante Themen zur Sprache.

Auffallend ist, dass die Jungen Geschichten aus der Vergangenheit hören wollen und die Alten nach Themen des täglichen Lebens suchen.

Die Gespräche gehen nie aus, auch wenn mal wieder viel zu lang an den Tischen Bier getrunken wird. Im Gegenteil, der Alkohol lässt alle Hemmungen verschwinden und sorgt dafür, schon mal Sätze gesprochen werden, die in der Alltagswelt nie jemandem über die Lippen gekommen wären. So kann es schon vorkommen, dass mein Opa Kaspar den Großonkel Hubert mit „Bergerle" anspricht.

Wenn dieses Wort fällt, weiß der Großonkel Hubert sofort, dass es jetzt sinnvoll ist, das Thema zu wechseln. Und so enden die Besuche im Biergarten spät abends für uns feucht fröhlich. Bei den Großen liegt es am überhöhten Biergenuss, bei mir an der übervollen Windel. Wenn ich tags darauf allein mit „Oskar Reiss" auf der Decke sitze, versuche ich meine Sprachkenntnisse etwas weiter zu entwickeln.

Es gelingt mir gut, die rhythmische Silbenkette einzustudieren. Ge-ge-ge oder mem-mem-mem- oder dei-dei-dei, diese Lautsprache ist für Logopäden ein eindeutiges Zeichen, dass der Junge auf dem richtigen Weg ist. Neben meinen verbalen Entwicklungsschritten erwartet man von mir auch auf allen anderen Gebieten weitere Fortschritte.

Beim Thema Grobmotorik soll ich bereits mit gestreckten Armen in den Handstütz. Bei Traktionsreaktion den Kopf symmetrisch in Verlängerung der Wirbelsäule und Beugung beider Arme halten. Die Aufgabenstellung bei der Perzeption/Kognition lautet: es sollen Objekte, Spielzeuge mit beiden Händen ergriffen, in den Mund gesteckt, benagt, jedoch wenig intensiv betrachtet werden. Bei der Feinmotorik bekomme ich alle Punkte, wenn ich ein Spielzeug zwischen den Händen wechseln kann und palmares, radiales und betontes Greifen beherrsche.

Selbst meine Stimmung wird schon benotet. Ob ich z.B. in Anwesenheit der primären Bezugsperson zufrieden und ausgeglichen bin. Bei meinem letzten Besuch im Biergarten habe ich bewiesen, dass ich gegenüber meiner Bezugsperson zufrieden und ausgeglichen sein kann. Diese Tugend konnte ich im umgekehrten Fall bei meiner Bezugsperson nicht feststellen. Na ja, lassen wir das mit den Entwicklungsstufen und widmen uns wieder dem Alltag.

Mein Papa hat die nächsten Tage Urlaub. Diese Zeit nützen wir für Tagesausflüge. Wenn es weiter weggeht, übernachte ich schon mal im Hotel, natürlich mit meinen Eltern. Dort kann ich viele neue Eindrücke sammeln.

Für mich ist es wichtig, dass ich jetzt schon an Optionen denke, die ich sinnvoll nutzen kann, sobald es meine körperliche Weiterentwicklung zulässt. Jetzt bin ich noch eingeschränkt und kann die schönen Seiten des Lebens oft nur aus der Beobachter-rolle genießen. Meinen Eltern kann man die Lebensfreude bei diesen Events deutlich ansehen. Sie sind gut drauf und geben mir damit ein gutes Gefühl. Berge und Seen, Wälder und Tierparks sind meine neuen Favoriten für meine zukünftige Freizeit-gestaltung.

Aber wie kann ich meine Eltern oder Großeltern davon überzeugen, dass diese Freizeiteinrichtungen meinen Horizont sinnvoll erweitern? Schwierig! Ich hoffe zumindest, dass sie sich an meine ausgelassene Laune, an mein gutes Benehmen bei den letzten Besuchen erinnern. Eine Woche muss ich warten, bis mein heimlicher Wunsch erfüllt wird. Wie ich im Vorfeld bei einem Gespräch meiner Eltern heraushören konnte, planen sie doch tatsächlich, heute Nachmittag in den Zoo zu fahren. Mit großer Vorfreude überbrücke ich die verbleibende Zeit bis zur Abfahrt. Über die B 17 gelangen wir zügig an meinen Wunschort.

Nachdem wir sämtliche Formalitäten, das Parken des Autos, das Kaufen der Eintrittskarten und Besorgen einer leichten Wegzehrung hinter uns gebracht haben, kann es endlich losgehen. An diesem schönen Herbstnachmittag tummeln sich viel Menschen zwischen den Gehegen. Ich bin richtig überwältigt von der großen Vielfalt an Tieren. Vor jeder Beschreibungstafel, die an den Zäunen befestigt sind, bleiben wir stehen. Zuerst suchen wir die besonderen Exemplare, dann beobachten wir sie eine gewisse Zeit und lesen dann die Tafel. Durch das Lesen der Informationen erfährt man ihr

Ursprungsland, ihre speziellen Gewohnheiten und die Ernährung.

Mir ist das zu wenig und ich bereue zutiefst, dass ich nicht bei Maria und Julian nachfragen kann (noch nicht!). Mich interessiert zum Beispiel, welche Spielzeuge die Zebras haben, ob sie noch die Flasche oder auch schon Gläschen mit Grießbrei zum Essen bekommen, wer den Kleinen die Windel wechselt oder ob sie auch mit einer Spieluhr einschlafen. Da diese Fragen zumindest für heute offenbleiben, schraube ich meine Neugierde etwas zurück und beschränke mich bei den nächsten Gehegen auf das Lesen der Informationstafeln.

Im weiteren Verlauf unseres Rundganges kann ich die Affen beim Herumtollen auf den Bäumen beobachten, lasse mich von den Pinguinen bei ihrem Unterwassertreiben begeistern, bewundere die Giraffen beim Fressen in luftiger Höhe und sehe schlafende Raubkatzen, die mir gar nicht gefährlich vorkommen. Dann laufen wir eine Brotzeitoase an.

Ein Weißbier für meinen Vater, ein Eis für meine Mutter und, ihr habt es sicher schon erraten, eine lauwarme „Dudel" für mich. Gerechtigkeit sieht anders aus, aber da muss ich jetzt durch. Leicht eingeschnappt höre ich aus dem Kinderwagen meinen Eltern gelangweilt zu, wie sie über Haustiere reden. „Soll Luis mit einem Tier aufwachsen?"

Kontroverse Meinungen treffen ohne Tiefgang aufeinander.

Julian eher dafür, Maria dagegen! Mit diesem Fazit verlassen wir wenig später unseren Platz und setzen unseren Tiergarten-rundgang fort.

Ich denke für mich, dass der arrogante Kater Zazu, der in einer Dreiecksbeziehung bei Großmutter Lisa, Großtante Jutta und gelegentlich bei uns lebt, schon ausreicht. Die Vielfalt der Tierwelt lenkt mich ab und ich wende mich den noch zu erkundenden Tieren zu. Ob die alle freiwillig hier sind? Ich bin mir nicht ganz sicher, auf der einen Seite bekommen sie alles, was sie wollen: Futter, Wasser, Stroh und auch ein Nachtquartier. Auf der anderen Seite sind sie hinter Zäunen eingesperrt! Auch diese Problematik würde ich zu gerne mit meinen Eltern besprechen. Aber was nicht geht, geht halt nicht.

Trotz dieser inneren Unsicherheit erfreue ich mich am nächsten Gehege. Majestätisch anmutende Löwen stolzieren in all ihrer Pracht durch den mit Baumstämmen und künstlich angelegten Wasserstellen ergänzten Auslauf. Um die Ecke kann ich ein Kontrastprogramm sehen, bei dem die Lautstärke überwiegt: das Papageienhaus.

Hier tummelt sich eine große Anzahl von verschiedensten Vogelarten. Schrille Töne, lautes Pfeifen und weiteres Geschnatter wechseln sich ab und geben dem Ganzen eine besondere Lautstruktur.

Der Vergleich mit Marias Freundinnen beim letzten Besuch wäre zwar etwas böse, käme aber dem Ganzen schon ziemlich nahe. Ok, der Vergleich hinkt. Wir verlassen das vielstimmige Kommunikationshaus und setzen unseren Weg fort. Nach den vielen Eindrücken beschleicht mich eine gewisse Müdigkeit, die trotz meines großen Interesses an der Tierwelt einen Augenschließ-mechanismus aktiviert und mich so frühzeitig zum Schlafen bringt. Deshalb bleibt mir der Kinderspielplatz am Ende des Rundganges verwehrt. Mit geschlossenen Augen und mit unendlich vielen neuen Eindrücken verlasse ich liegend den Tierpark und verschlafe auch noch die ganze Heimfahrt in unserem Auto.

Hätte gerne zugehört und erfahren, ob sich Papa und Mama über die Haustierproblematik noch geeinigt haben. Meinem Drang, heute weiter zu schlafen, gebe ich nach und wandere nach dem Wechseln meiner vollen Windel und einer im Halbschlaf getrunkenen Flasche schnell in mein Bettchen. Im Traum kommen noch einmal die Tiere des Augsburger Zoos auf mich zu und beantworten alle meine offenen Fragen. Gut ausgeschlafen und voller Tatendrang beginne ich den nächsten Morgen. Etwas abseits vom Frühstückstisch liege ich in der Wippe und höre meine Eltern über mich sprechen. Sie stellen mit der Behauptung, dass ich noch nicht auf allen Vieren krabbeln kann, meine gute Entwicklung in Frage.

Sie zählen eine Reihe von gleichaltrigen Kindern auf, die sich laut Aussagen ihrer Eltern diese Fähigkeit der Fortbewegung schon angeeignet haben.

Ich habe mich damit noch gar nicht befasst, da mein Gewicht im Vergleich zu meiner Kraft in Armen und Beinen zu hoch ist. Und schon komme ich wieder auf das Thema „Zwangsernährung" durch meine drei liebevoll für mich sorgenden Frauen zurück. „Ihr braucht euch gar nicht zu wundern, dass bei diesen enormen Aufnahmemengen mein Körper noch nicht von meinen Armen und Füßen getragen werden kann! Wann kommt bei euch endlich die Erkenntnis an, dass man mit Füttern nicht jedes Problem vom Tisch bekommt. Ich möchte doch später ein Fußballspieler werden und kein Sumo-Ringer!"

Der Einzige, der meine „Gewichthochtreiberinnen" gelegentlich in die Schranken verweist, ist der Großonkel Hubert. Der sagt genau das, was für mich das Beste wäre.

Aber gegen die geballte Erfahrung an Mutterschaft kommt er leider nicht an. Schade! Meine Hoffnung setze ich jetzt voll in meine Mutter Maria, denn sie konkurriert im direkten Vergleich mit anderen

Müttern und wie würde sie dastehen, wenn ich mich mit einem Jahr noch nicht einmal auf allen Vieren fortbewegen könnte. Die Diskussion meiner Eltern am Frühstückstisch brachte keine große Kehrtwende in meinem Fall und so gehe ich etwas unentschlossen in den neuen Tag. Wie gerne ich bei meinen Omas auch bin, wenn sie ihre Strategie nicht ändern, werde ich mein charmantes Lächeln weiter reduzieren müssen. Also nicht überrascht sein, ich habe euch gewarnt.

Minuten später läuft mir unser Kater Zazu vor den Wagen. Da meine Sitzhaltung aufrecht ist, kann ich ihn gut erkennen. Nachdem wir uns länger in die Augen gesehen haben, fängt er an, mit mir zu kommunizieren. Wir sprechen auf unsere Art und Weise und werden immer vertrauter. Er erzählt mir seine Sorgen mit den schleppenden Reaktionen bei Nacht, wenn er bei Kaspar und Großmutter Lisa ins Haus möchte und dass er vom Kaspar immer einen Anschiss bekommt, wenn er einen toten Vogel vor die Haustüre legt. „Ja, so ein Kater hat es ganz schön schwer" denke ich und vergleiche mein bisheriges Leben mit seinem Schicksal.

Beide meinen wir es gut, werden aber nur selten richtig verstanden. Nachdem ich meinem vierfüßigen Freund ebenfalls meine Leidensgeschichte erzählt habe, bedauert er mich und wünscht mir für die Zukunft alles Gute. Wir vereinbaren, dass wir uns in der nächsten Zeit noch mehrmals treffen wollen, um unsere jeweiligen Situationen abzustimmen.

Achter Monat

Mein Papa hat in den nächsten Wochen Urlaub, jetzt sind meine Tage noch kurzweiliger als bisher. Jeden zweiten Tag fahren wir an einen See, gehen auf den Kinderspielplatz, essen im Freien, und haben auch zwischendurch eine Menge Spaß. Eines Tages im September sehe ich von meinem Frühstücksstuhl aus, dass ein riesiger Bagger vor unserem Fenster zum Stehen kommt. Ob der mit dem vieldiskutierten Pool etwas tun hat? Ich weiß es nicht, werde aber die nächste Zeit dieses große Ungetüm nicht mehr aus den Augen lassen.

Zur besseren Übersicht schiebt mich meine Mutter Maria noch näher an das Fenster, damit ich dem wilden Treiben von nahem zusehen kann.

Draußen diskutiert mein Papa mit dem Baggerfahrer. Beide benützen ihre Hände zur Unterstützung ihrer Worte. Wild gestikulierend laufen sie das Grundstück ab, schlagen Pflöcke in den Boden und spannen Orientierungsdrähte dazwischen. Fast unbemerkt nähert sich noch ein großer Laster. Voll gespannt sitze ich vor dem Fenster und freue mich schon sehr auf den Beginn der Erdbewegungen. In solchen Situationen benötige ich keine Flasche und auch keine Gläschen mit gesundem Inhalt. Hoffentlich sieht das meine Mutter genauso.

Minuten später legt der Bagger los. Mit einem unheimlichen Getöse springt der Motor an. Fast gleichzeitig setzt sich dieser Koloss in Bewegung, um nach ein paar Metern stehen zu bleiben. Jetzt greift die große Schaufel des Ungetüms das Erdreich und befördert es nahezu problemlos auf den danebenstehenden LKW. Nach fünf Schaufeln ist die Ladefläche voll und der der Kieslaster fährt in Richtung Kiesgrube.

Für mich bleibt es spannend, da in der Zwischenzeit der Bagger das Loch weiter vergrößert und den Aushub an der Seite platziert. Gebannt bleiben meine Augen am Geschehen. Natürlich erkenne ich den Laster auf der Straße, als er wieder auf die Baustelle zufährt. Jetzt muss der Baggerfahrer wieder mit der Schaufel Kies auf die Ladefläche des Lasters werfen. Mir fällt es schwer, all die komplexen Dinge, die ja parallel zur gleichen Zeit ablaufen, zu verfolgen.

Nach einer Stunde ist schon ein riesengroßes Loch in unserem Garten entstanden und es wird immer schwieriger, den Aushub zu platzieren.

In dieser Phase kommt spontan aus meinem Inneren heraus mein Berufswunsch. Baggerfahrer! In diesem Moment kann ich mir nichts Anderes vorstellen, als diese Tätigkeit professionell auszuüben, wenn ich mal groß sein sollte. Ich sehe mich schon in einem Bagger sitzen, der natürlich noch größer ist als der in unserem Garten.

Neben der schicken Berufskleidung steckt natürlich auch der Meterstab in meiner Gesäßtasche. Ja, so ein Meterstab sieht einfach cool aus.

Noch in Gedanken versunken sehe ich meine Mama mit einer vollen Flasche winken. „Bitte nicht", denke ich und versuche, die Fütterung hinauszuschieben. Obwohl der Bagger und der Laster voll in Aktion sind, nimmt mich meine Mutter Maria in den Arm, verändert mein Blickfeld und steckt mir die Flasche in den Mund. „Das geht jetzt doch gar nicht!" ärgere ich mich und fange an, meinem Unmut freien Lauf zu lassen. Wenn sie mir zumindest den Fensterblick lassen würde, wäre es halb so schlimm. Aber nein, sie muss mich ja unbedingt mit auf die Couch mitnehmen. Durch mein anhaltend lautes Schreien kann ich sie ein bisschen verunsichern. Offensichtlich überlegt sie, ob die Flasche zu heiß ist oder die Öffnung verstopft, sie schließt auch nicht aus, dass die Windel voll ist.

Schnell lasse ich noch zwei große Tränen über meine Wangen laufen, um alles noch theatralischer zu gestalten. Als ich zu guter Letzt noch einen langanhaltenden Schluchzer setzte, ist der Bann gebrochen.

Meine Mutter gibt auf und setzt mich wieder in meinen Hochstuhl, der vor dem Fenster steht und von dem aus man alles gut überblicken kann. Die Arbeiten sind weiter fortgeschritten, ich kann jetzt einen zweiten Arbeiter in der Grube erkennen, der mit einer Messlatte die genaue Tiefe des Erdlochs misst. Jetzt kommt der filigranere Teil der Aufgabe. Er leitet den Baggerfahrer an, an einigen Stellen noch leichte Korrekturen durchzuführen, um die Planheit des Bodens zu gewährleisten. Professionell und gekonnt bringen die beiden das zu Ende.

Jetzt sehe ich auch meinen Papa wieder, wie er sich mit den beiden Arbeitern unterhält und sie wenig später verabschiedet. Das riesige Loch hinterlässt bei mir einen großen Eindruck. Ich schätze mal, dass es mindestens zehn Meter lang und sechs Meter breit ist.

Die Tiefe kann ich aus meiner Stuhlstellung nicht gut einsehen, vermute aber, dass es wohl viermal meine Körpergröße sein könnte. Neben mir freuen sich Papa und Mama, denn sie wollen im nächsten Jahr im neuen Pool jeden Tag schwimmen. Selbst eine Poolbar soll in das große Bauprojekt integriert werden. Der Einzige, der das Großprojekt nicht so großartig findet, ist mein Opa Kaspar.

Ich weiß nicht warum, aber er wird seine Gründe haben. Vielleicht kann er nicht schwimmen oder er ist wasserscheu. Aber das werde ich schon noch herausfinden. Ich hoffe, dass wir in Zukunft noch mehrere Tage wie diesen erleben dürfen. Nachdem sich die Euphorie etwas gelegt hat, bin ich jetzt gerne bereit, die verschobene Essensaufnahme nachzuholen. Neben der Flasche und einem Gläschen mit Apfel und Gries wird mir zeitnah die Windel gewechselt.

Beides sind Routineeingriffe, ich kann mich also auf einen entspannten Abend vorbereiten. Den verbringen wir mit Großonkel Hubert und Großtante Jutta im Biergarten. Zuerst grillen wir ein paar Würstchen und Steaks. Papa und Großonkel Hubert trinken ein Bier dazu, die Mama einen Prosecco und die Großtante Jutta einen Tee.

„Mit zunehmender Dämmerung haben wir mit Dunkelheit zu rechnen", ein Spruch, der deutschen Soldaten bei der richtigen Einschätzung hilft und auch heute noch seine Richtigkeit hat. Für diesen Fall legt mein Papa Julian einige Holzscheite in eine Feuersschale, zündet sie an und wir verbringen noch eine schöne Stunde am offenen Feuer.

Die Großen unterhalten sich über belanglose politische Themen. Für sie unbemerkt nähert sich mein neuer Freund Zazu unserer Feuerstelle.

Sofort nehme ich zu dem Kater Kontakt auf. Abseits der lodernden Flammen sprechen wir über den vergangenen Tag. Natürlich war das Hauptthema der Aushub unseres Grundstückes. Als ich Zazu von meinem Berufswunsch des Baggerfahrers erzähle, befürwortet er diesen und bietet mir bei weiteren Fragen seine Unterstützung an.

Außerdem gesteht er mir, dass er von den Erdarbeiten profitiert hat. Durch die Erschütterungen im Boden kamen einige Mäuse wohl aus Neugier aus ihren Löchern und es war dann relativ einfach für ihn, einige zu fangen.

 Aus diesem Grund wird er heute Nacht nicht mehr vor dem Schlafzimmerfenster meiner Großeltern Lisa und Kaspar um Essen betteln.

Er wartet bis morgen früh und lädt sich dann bei der Großtante Jutta und dem Großonkel Hubert zum Frühstück ein. Zazu ist von Großtante Jutta und Großmutter Lisa sehr begeistert. Bei Großonkel Hubert und meinem Großvater Kaspar hält sich seine Begeisterung eher in Grenzen. Hubert gibt ihm nur Trockenfutter, Kaspar gibt ihm gar nichts. „Das hätte ich so nicht gedacht"" Genauso lautlos wie er gekommen ist, verschwindet mein Freund wieder in der Nacht.

Zwangsläufig lausche ich wieder den Gesprächen der Erwachsenen, bei denen die Themen

Kommunalpolitik, Sport und Gartengestaltung den restlichen Abend füllen. Da ich noch nicht zählen kann, ist es mir nicht möglich, die genaue Anzahl der leergetrunkenen Bierflaschen zu bestimmen. Aber reiht man alle Flaschen zusammen, so würden sie mit Leichtigkeit meinen Kinderwagen füllen. Verwirrend sind auch die Begriffe Halbe, Moss und Kasten.

Alle diese Namen scheinen nur im Zusammenhang mit Bier eine Bedeutung zu haben. Ich denke, es wird so ähnlich sein wie bei der Zeitbestimmung: Sekunde, Minute und Stunde. 60 Sekunden sind eine Minute, 60 Minuten sind eine Stunde. Aber wieviel Halbe sind eine Moss? Oder wieviel Moss ist ein Kasten? Ohne die Fragen heute noch klären zu können, werde ich von meinen leicht ange-trunkenen Eltern nach Hause gebracht.

Der hygienische Teil kommt heute Abend etwas zu kurz und ich lande relativ schnell und nicht so reinlich wie gewohnt in meinem Bettchen. Bevor ich einschlafe, denke ich noch einmal an die Worte meines geheimen vierbeinigen Freundes Zazu. Er hat recht, wenn er sich beklagt, dass er keiner festen Adresse zugeordnet werden kann.

Er ist wohl der einzige Kater auf der Welt, bei dem drei Adressen in seinem Katzenpersonalausweis zu lesen sind. Mir ergeht es ähnlich.

Ich bewege mich in den gleichen drei Haushalten wie die Katze. Sollten dann bei mir ebenfalls drei Adressen in meinem Kinderausweis erscheinen, dann beschwere ich mich bei Amnesty International. Aber bis es soweit ist, werden noch andere Themen in den Vordergrund rutschen. Mit dieser offenen Frage versinke ich in den verdienten Schlaf, der mich heute mit angenehmen Träumen verwöhnt.

Etwas verknittert und zerzaust sehen meine Eltern am Frühstückstisch aus. Sie ernähren sich aber immerhin ausgewogen mit Müsli, Obst, Käse, Wurst und Eiern. Auch die warmen Getränke variieren, je nach Anlass. Neben Kaffee und Tee wird gerne auch mal ein Cappuccino getrunken. Selbst ein Glas Prosecco kommt gelegentlich auf den Tisch.

Und was bekomme ich: seit acht Monaten steckt man mir bei jeder Essensaufnahme eine Flasche mit warmem Tee und einem Milchpulver in den Mund. Wisst ihr, was das für mich bedeutet? Tagein, tagaus immer das Gleiche! Seit zwei Monaten wird mir gelegentlich ein Gläschen mit sehr unterschiedlichen Inhalten serviert.

Und hier ist die Überraschung besonders groß. An einem Tag schmeckt es ausgezeichnet, am Folgetag trifft der Inhalt überhaupt nicht meinen Geschmack. Wenn ich mich dann sträube, den ungenießbaren Inhalt zu mir zu nehmen, kommen seltsame

Erklärungen an mein Ohr. „Der Luis ist schon satt, der Luis bekommt einen neuen Zahn, der Luis hat die Windel voll!" Ist das denn so schwer zu verstehen: nein, ich möchte einfach nur das Essen, das mir schmeckt!

Wer von euch Erwachsenen würde acht Monate lang, jeden Tag, drei bis fünfmal immer die gleiche Mahlzeit zu sich nehmen? Keiner!

Und ich soll diese Tortur weiterhin Tag für Tag über mich ergehen lassen? Selbst meinem vierbeinigen Freund Zazu ergeht es wesentlich besser.

Wenn ihm das Fressen bei der Großtante Jutta nicht schmeckt, rümpft er die Nase, stellt den Schwanz nach oben und besucht dann Großmutter Lisa, die in der Regel dann eine passende Mahlzeit für ihn bereithält.

Sollten beide nicht schmecken, dann fängt er sich halt eine Maus. Da ich noch nicht in der Lage bin, bei ungenießbaren Mahlzeiten von Oma zu Oma zu wechseln, werde ich wohl noch eine geraume Zeit darunter leiden müssen.

Seit ein paar Tagen gibt man mir sogenannte Maisstangen in die Hand. Da ich zur Zeit alles in den Mund stecke, was man mir gibt, gelangt auch das zwanzig Zentimeter lange und zwei Zentimeter dicke krosse Stäbchen zwischen meine kleinen Mausezähnchen. Beim Abbeißen kracht es immer so laut und das gefällt mir. Das ist aber auch das Einzige.

Es hat keine Konsistenz, keinen Geschmack, zergeht auf der Zunge und gibt meinen kleinen Zähnchen keine Möglichkeit, sich sinnvoll zu beschäftigen.

Diese Stäbchen werden mir jetzt reihenweise in den Mund geschoben. Zwischendurch versucht man, mir neben dem bekannten Essensablauf eine Flasche mit Tee in den Mund zu stecken.

Das sicher sehr gesund, aber das für mich nicht genießbare Getränk lasse ich nicht lange in meinem Mund und spucke es gleich wieder aus. Diese Geste wird von allen wieder mal falsch gedeutet. Meine Mutter Maria, Großmutter Lisa und Großtante Jutta sind der Meinung, dass ich noch keinen Tee vertrage und deshalb so reagiere.

Alle drei haben in ihren Küchenschränken eine Vielzahl von verschiedenen Teesorten. Warum kommt keine auf die Idee, es mal mit einer anderen Sorte zu probieren? Ich befürchte, dass diese Art der Verköstigung erst dann endet, wenn ich in der Lage bin, meine Wünsche selbst zu formulieren. Mit „de-de-de oder be-be-be- oder da-da-da komme ich noch nicht sehr weit. In den letzten Wochen habe ich eine neue Kommunikationsform entwickelt.

Wenn ich etwas nicht machen möchte, aber immer wieder von Mama und Papa in eine peinliche

Situation gebracht werde, fange ich an zu rebellieren.

Ich überstrecke meinen ganzen Körper, beginne ein Weinkonzert und strample mit meinen Füßen. Binnen Sekunden habe ich dann meinen Willen durchgesetzt und kann wieder zu meiner alten Beschäftigung zurückkehren. Ich bin mal gespannt, wie die weiteren Auseinandersetzungen zwischen meinen Eltern und mir in der Zukunft ausgehen werden.

Bei meiner Großmutter Lisa und beim Kaspar komme ich gar nicht erst in die Verlegenheit zu reklamieren, denn die tun ja sowieso das, was ich möchte.

Bleiben wir noch ein bisschen bei der Familie. Neben meinen Eltern Maria und Julian gibt es den Opa Kaspar und die Oma Großmutter Lisa. Ich habe aber noch mehr Verwandtschaft. Ich habe noch einen jungen Opa, den Michael. Er kommt nicht so oft zu mir, da er noch arbeiten muss.

Wenn er aber da ist, macht er mit mir schon ganz großartige Sachen. Er ist noch fit und kommt meistens mit dem Fahrrad. Leider habe ich keine zweite Oma. Sie ist kurz vor meiner Geburt an einer schweren Krankheit gestorben. Ich hätte so gerne mit ihr gespielt, und sie hätte mir auch sicherlich viele Sachen durchgehen lassen, weil das ja alle Großmütter so machen. Schade.

Mit Georg und dem Janis habe ich zwei richtige Onkel. Die sind echt nett, nur leider kommen die beiden eher selten zu mir. Und wenn sie kommen. dann sind es meist große Familienfeste, bei denen immer viel los ist und nur ganz selten ein persönliches Gespräch stattfindet.

Sollten Janis und Georg einmal heiraten, dann bekomme ich kostenlos zwei neue Tanten. Beim Georg sieht es momentan gar nicht so schlecht aus. Was ich so höre, ist der Janis etwas wählerischer. Er sucht schon seit langem, hat auch schon eine ganze Menge ausprobiert, ist aber noch nicht fündig geworden. Er will wohl auf Nummer Sicher gehen! Die Berufe der beiden sind sehr unterschiedlich, obwohl beide nach etwas suchen. Georg die Gauner, Janis den Ruß. So, jetzt kennt ihr meine komplette Verwandtschaft und könnt euch selbst mal ein Bild machen, wo ich da hineingeraten bin. Halt, da gibt es noch den Großonkel Hubert und die Großtante Jutta. Sie sind meine Nachbarn, mit denen ich gut klarkomme. Hubert ist der Bruder meines Großvater Kaspar, die Großtante Jutta seine Schwägerin.

Neunter Monat

Durch die Fortschritte, die ich in der letzten Zeit rasant hingelegt habe, ist mein Leben nicht einfacher geworden. Geholfen haben mir die Versorgungsfahrten mit dem Kinderwagen zu den Discountern.

Dort ist immer ein buntes Treiben. Viele optische Eindrücke prasseln auf mich ein. Die sympathische Frauenstimme zum Beispiel, die aus dem Lautsprecher zu hören ist und die neuesten Sonderangebote anpreist. Einige Spots rücken bewusst spezielle Waren in den Vordergrund.

In riesigen Kühltruhen lagern Fische, Pizzen und Eispackungen. Meist treffen Maria oder meine Großmutter Lisa eine Bekannte. Bei diesen Begegnungen spitze ich besonders meine Ohren. Hier gibt es immer die neusten Meldungen aus der Nachbarschaft. Die Themen sind bei jedem Gespräch die Gleichen, nur die Personen wechseln. Als meinen Höhepunkt sehe ich das Bezahlen an der Kasse an.

Wenn nämlich die Kassiererin den Button für die Summe drückt, rattert es so richtig los. Am längsten rattert es, wenn ich mit der Großtante Jutta beim Einkaufen bin. Sie ist auch die Einzige, die jedes Mal an der Kuchentheke noch einmal stehen bleibt und reichlich Kuchen einkauft.

Wie macht sie das nur? Soviel Kuchen jeden Tag und trotzdem noch so eine gute Figur.

Diese vielen Eindrücke kann mein kleines Gehirn noch nicht verarbeiten und so schleppe ich einige dieser Themen bis in die Nacht mit mir herum. Das hat zur Folge, dass ich nicht gut einschlafen kann. Schlafe ich dann endlich, kommt ein heute noch nicht verarbeitetes Thema aus dem Nichts und weckt mich unsanft auf.

Das hat zur Folge, meine Eltern wissen das zur Genüge, dass ein Weinkrampf ihre Nachtruhe empfindlich stört. Da ich mich in diesen Momenten immer in einem tranceähnlichen Zustand befinde, hält mein Lärmpegel noch eine geraume Zeit an. Nur mit großer Hingabe und unendlich vielen Streicheleinheiten schaffen es meine Eltern, dass ich langsam wieder zur Ruhe komme. „Da tun sie mir schon so richtig leid", denke ich mir und versuche weiterzuschlafen.

Als ich am nächsten Morgen erwache, kann ich mich an nichts mehr erinnern. Ich höre erst dann von dieser nerven-aufreibenden Aktion, wenn meine Mutter sich mit Großmutter Lisa und Großtante Jutta unterhält.

An Tagen, an denen mein Leben sich zuhause abspielt und ich beim Grillen im Biergarten meine Streicheleinheiten bekomme, verlängert sich mein Schlafzyklus um ein Mehrfaches. Ich bin ein kleines Sensibelchen und so werde ich wohl noch längere Zeit mit dieser Art von Schlafen umgehen müssen.

Der Herbst ist jetzt angekommen, da sich die Blätter so langsam von den Zweigen trennen und zu Boden fallen. Kurz davor färben sie sich noch rot und gelb.

Das ist auch die Zeit, in der mein Großvater Kaspar große Baumstämme mit der Kappsäge durchtrennt. Wenig später spaltet er mit der Axt die Rohlinge auf die passende Größe, damit sie in den Kachelofen passen.

Diese Arbeit gefällt ihm sehr gut und er hat auch sichtlich Spaß daran. Nach getaner Arbeit trinkt er dann noch im alten Oma-Haus ein paar Halbe Bier.

Hier in der Küche kann er seine Gedanken in die Vergangenheit abschweifen lassen. Oft verlässt er das Oma-Haus erst bei Dunkelheit, aber mit sich zufrieden. Ist er mal früher fertig, dann besucht er noch seine Kameraden im Stockschützenheim. Hier ist der Themenkatalog ebenso beschaffen, dass an die großartigen Ereignisse der Vergangenheit gedacht wird. Diese Themenabende können sich sehr lange hinausziehen und es kann schon mal vorkommen, dass man den richtigen Absprung verpasst, spät nach Hause kommt und am nächsten Tag wie gerädert aufstehen muss. Die Tage werden im Herbst immer kürzer und die Aktivitäten verlagern sich immer mehr ins Wohnhaus.

Hier kann ich den Alltag meiner Mutter Maria einmal von der Nähe miterleben. In der Küche hat sie eine Supermaschine stehen. „Die kann alles", behauptet meine Mama und spart nicht an Lobeshymnen, wenn es um ihren Thermomix geht. Ihr ganzes Kochsystem ist auf diesen Alleskönner aufgebaut. Mit diesem technischen Wundergerät wird mir und meinem Papa täglich ein vorzügliches Essen zubereitet.

Der eher konservativen Kochtechnik von Großtante Jutta und Großmutter Lisa kann meine Mama noch nicht so viel abgewinnen.

Aber warum auch, wenn die Thermomixgerichte unseren Gaumen sehr guttun. Bei Getränken verhält es sich ähnlich. Papa, die Opas, meine Onkels oder der Großonkel Hubert trinken fast ausschließlich Bier. Meine Mama experimentiert schon mal gerne und mixt sich zum Teil sehr exotische Getränke, nach deren Genuss sie gerne ihr helles Lachen hören lässt. In diesen abendlichen Runden fühle ich mich sehr wohl. Meistens wandere ich vom Opa zum Onkel, vom Onkel zum Papa und dann wieder zurück. Jeder möchte mir seine Art der

Kinderbelustigung näherbringen und investiert in mich seine komplette Kreativität. Diese fällt bei allen etwas unterschiedlich aus. Das macht mir aber nichts, denn alle meinen es ja gut.

Nur schweren Herzens verlasse ich den Wohnbereich und wechsle in das Schlafzimmer. Nach dem Wickeln und der letzten Flasche (lauwarme Milch), dem Aufziehen der Spieluhr und noch einigen Streicheleinheiten von meiner Mutter versinke ich in meinen Schlaf.

Da es heute im Laufe des Tages keine emotionalen Aktionen gab, schlafe ich tief und fest und sehe am nächsten Morgen die Sonne in aller Zufriedenheit aufgehen. Um keine Langweile aufkommen zu lassen, hat mein lieber Papa Julian uns einen Multifunktionssportpark gekauft und im Wohnzimmer aufgebaut. Dort kann man fast alle Sportarten ausprobieren und schon mal feststellen, für welche Sportart man sich begeistern kann. Als dann noch ein komplettes Fußballfeld als Boden geliefert wurde, war die Freude meines Papas riesengroß.

Bei aller Neutralität, die er mir gegenüber ausstrahlt, hofft er natürlich schon, dass ich später einmal ein Fußballspieler werde. Mit meinen knapp zehn Monaten wurden mir schon über tausend Mal verschiedene Bälle zugespielt. Wobei ein Ball aus meiner Sicht eher unpraktisch ist. Wenn man ihn greifen möchte, rollt er immer davon.

Ein Holzklötzchen oder ein Stofftier kann ich wesentlich besser händeln. Aber mein Papa wird schon wissen, was er da macht. Da diese Multifunktionsanlage an den Seiten über eine Bande verfügt, rollen die runden Gegenstände nicht mehr so weit weg. Um mir den Tag weiterhin kurzweilig gestalten zu können, legt meine Mutter Maria noch diverse Stofftiere, ein Schmusekissen und leere Blechdosen in mein Gehege. Der einzige Nachteil dieser Investition ist die Begrenzung. Mein Spielradius ist auf drei Quadratmeter begrenzt.

Aber ich denke, dass es ähnlich wie bei der Hühnerhaltung auch bei Kleinkindern Vorgaben aus der EU gibt, die jedem Heranwachsenden genügend Freiraum lassen. Nach leichtem Quengeln meiner-seits werde ich in der Regel aus der Spielwiese gehoben.

Auf Grund meiner Weiterentwicklung bei der Fortbewegung beherrsche ich inzwischen neben dem Rollen auch das Robben sehr gut und sogar das Krabbeln auf allen Vieren. Jetzt ist die Aufmerksamkeit meiner Eltern gefragt. Da ich jetzt innerhalb von zwei Minuten von einem Ende des Zimmers an das andere gelangen kann, ist es vorbei mit der Sorglosigkeit von Mama und Papa. Sie sind jetzt gefordert. Voraussichtlich werde ich mich in den nächsten Tagen aus der Sitzstellung an gewissen Gegenständen aufrichten können und somit eine neue Dimension erreichen.

Ich möchte mit diesen neuen Bewegungstechniken auch noch einmal auf das leidige Thema Bodymaßindex zurückkommen. Durch meine drehenden Robb- und Krabbeleinheiten sollte sich mein Gewicht zumindest einpendeln, denn die weiterhin in viel zu hohem Maße zugeführte Nahrung lässt hier noch keine spürbare Wirkung erkennen.

Heute habe ich zum ersten Mal in meinem Leben einen Muskelkater verspürt. Ist das nicht großartig? Ich werde nun die nächsten Tage meine sportlichen Aktivitäten weiter ausbauen. Ich erzähle es euch später, inwieweit es mir dann gelungen ist, meine Fitness zu stärken und der Gewichtszunahme zu trotzen. Durch meine Kasernierung im Haus ist mir der Kontakt zu meinem Freund Zazu verloren-gegangen. Ein bisschen fehlt er mir schon, denn mit wem soll ich meine Sorgen und Nöte denn teilen? Na ja, so schlecht geht es mir nicht, aber Seele und Geist würden sich nach einer ausführlichen Diskussionsrunde wieder etwas erfrischter fühlen.

Gestern habe ich ihn vom Fenster aus gesehen, konnte aber meine Aufmerksamkeit nicht in dem

Maße auf mich lenken, um zumindest über den Blickkontakt ein Date auszumachen. Da müssen wir jetzt durch. Die täglichen Spazierfahrten im Kinderwagen mit unterschiedlichen Zielen werden immer seltener.

Und wenn wir dann mal unterwegs sind, werde ich eingepackt wie ein Hering in der Dose. Zudem werde ich noch festgeschnallt, da sie jetzt Angst haben, dass ich herausfalle. Blödsinn, warum soll ich aus dem Wagen springen, wenn ich noch gar nicht laufen kann. Mein Opa Kaspar würde zu der Vorgehensweise nur sagen: typisch Weib!

Wenn wir dann von der Tour zurückkommen, schwitze ich überall. Am besten erkennt man dies an meinen Haaren. Die sind richtig nass.

Meine weiblichen Bodyguards erkennen den Sachverhalt schon richtig, trocknen meinen Kopf ab, vergessen aber, beim nächsten Mal die richtigen Schlüsse daraus zu ziehen. Also wird die letztlich kritisierte Verpackungsordnung weiter bei mir angewendet. Ich verstehe es nicht.

Obwohl ich mich mit allem was ich habe sträube, schreie und zapple, ziehen die Damen es weiter durch. Die fadenscheinigen Vermutungen, warum ich so reagiere, finde ich echt nur peinlich. „Die Mütze gefällt ihm nicht", „er sitzt zu aufrecht im Wagen" oder „es friert ihn an den Händen." Alles

Nonsens! Wenn Menschen es mit mir gut meinen, und das tun meine drei Mädels auf hohem Niveau, dann sollten sie trotz der großen Liebe, die sie mir entgegenbringen, das logische Handeln nicht ganz außer Acht lassen!

Das tun sie aber und ich bin einem weiteren Saunagang ausgesetzt, der nach der Ankunft zu Hause, beim Abnehmen der Mütze, wieder mit den Worten endet: „Luis schwitzt ja schon wieder!"

Sollte meine sprachliche Entwicklung mir in der nächsten Zeit einen überraschenden Schub geben, würde ich nicht Mama oder Papa oder Oma oder Opa als mein erstes Wort oder meinen ersten eigenen Satz von mir geben, sondern sagen „Ich bin zu warm angezogen!" Da sich diese Wunschvorstellung aber in der nächsten Zeit nicht realisieren lässt, wird mich diese Tortur noch einige Zeit begleiten.

Wenig später ist mein Ärger wieder verflogen und ich höre mir ein Märchen an, bevor ich ein gutschmeckendes und gut temperiertes Gläschen mit Gries und Hühnchen zu mir nehme. Am Mittagstisch sprechen meine Eltern über die Zeitumstellung. Es endet die Sommerzeit und es beginnt die Winterzeit. Ich kann mit den Begriffen nur wenig anfangen und meine Verwirrung wird noch größer, als die beiden sich nicht klar darüber werden, ob man heute Nacht eine Stunde länger oder weniger schlafen kann. Für mich gilt, wenn ich müde bin schlafe ich ein und wenn ich ausgeschlafen habe, dann wache ich auf.

Ob ich dann eine Stunde mehr oder weniger schlafe, spielt dabei gar keine Rolle.

So war es auch am nächsten Tag. Ich bin aufgewacht wie an jedem Morgen. Mein Papa Julian ist ein großer Fußballfan. Der FC Bayern München ist sein Lieblingsverein. Er ist dem Verein emotional sehr verbunden.

Wenn wir die Spiele im Fernsehen gemeinsam ansehen (manchmal darf ich das), ist er sehr angespannt. Normalerweise ist er eher gelassen und ruhig. Aber ich weiß auch nicht, warum er beim Zuschauen seinen Ärger und seine Freude so offen auslebt. Ich denke, das ist doch nur ein Spiel. Aber vielleicht liege ich hier daneben, denn so viele Emotionen haben sicher noch einen anderen Hintergrund. Ja, der Fußball nimmt in meinem Umfeld eine große Rolle ein.

Mein Onkel Janis ist ein hervorragender Spieler, der ist so gut, dass er sogar andere Fußballspieler trainieren darf. Mein Großvater Kaspar und der Großonkel Hubert sind ebenfalls jahrzehntelang dem Ball hinterhergelaufen. Ich gehe davon aus, dass ich in einigen Jahren auch ein Fußballspieler werde. Die Laune meines Vaters hat sich seit letzter Woche nochmals verbessert. Er spricht sehr euphorisch von einem Triple, das der FC Bayern München angeblich gewonnen hat.

Was das auch immer sein soll, spielt für mich keine Rolle, wichtig ist nur, dass ich einen fröhlichen und ausgeglichenen Papa erlebe. Neben dem FC Bayern München spielt auch noch die deutsche Nationalmannschaft Fußball. Mit der hadert mein Papa sehr. Er vergleicht die beiden Trainer miteinander und kommt zu zwei unterschiedlichen Aussagen.

Mit dem Hansi, der den FC Bayern trainiert, ist er voll zufrieden. Den Jogi dagegen lehnt er ab. Warum er das macht, kann ich nicht sagen, aber er wird seine Gründe haben. Ich finde die beiden Namen Hansi und Jogi so nett.

Sind das noch Kinder? Diese Frage würde ich gerne mal in die Runde streuen, wenn die ganze Fußballanhängerschaft mal wieder bei uns ist, aber der Wunsch wird mir aus bekannten Grünen noch nicht so schnell in Erfüllung gehen. Das Thema Fußball wirft bei mir viele Fragen auf, da viele Begriffe im täglichen Sprachgebrauch oft eine ganz andere Bedeutung haben. So gibt es in München neben den „Roten" auch noch die „Blauen". Eine

„Viererkette" hat sich meine Mutter noch nie um den Hals gehängt.

„Ein Gegen- Pressing" wäre bei meiner Geburt schlecht für meine Mama ausgegangen und ob man sich an einer Sturmspitze verletzen kann, ist auch ungeklärt. Diese Rätsel werde ich wohl erst in ein paar Jahren lösen können. Am nächsten Tag sitzen wir am Frühstückstisch.

Ich versuche jetzt, die Flasche so in die Hand zu nehmen, dass die Öffnung in meinen Mund gelangt. Trotz größter Anstrengung meinerseits gelingt mir dieser Kraftakt nicht und so fällt die Flasche auf den Boden.

„Mensch Luis, pass halt auf", höre ich Maria meine Aktion beurteilen. Anschließend diskutieren die zwei sehr intensiv miteinander.

Es geht um die Glaubensfrage! Dieses Thema war in der Vergangenheit schon oft der Ausgangspunkt für schwierige Aktionen. Aber heute geht es um mich. Ich soll getauft werden. Kann mir bitte mal jemand erklären, um was es hier eigentlich geht?

Wenn ich den Dialog richtig verstehe, dann soll aus mir ein Katholik werden, aber was ist ein Katholik? Ich kann den Begriff genauso wenig einordnen wie den der Taufe. Dann kommt noch ein Pate ins Spiel und zu guter Letzt auch noch ein Geistlicher, ein Pfarrer.

So viele, mir völlig unbekannte Begriffe auf einmal aufzunehmen ist fast unmöglich.

Deshalb wende ich mich wieder kindgerechten Themen zu. Ich nehme mein schwules Kamel, ziehe an der Schnur und höre mir die Melodie der Spieluhr an. Beiläufig erfahre ich noch, dass Georg und der Janis wohl meine Paten werden sollen. Minuten später endet der Dialog meiner Eltern und es kommt wieder eine gewisse Normalität in unser Haus.

Noch mit vielen Fragen behaftet gehen wir an diesem sonnigen Oktobertag spazieren. Ich im Wagen mit eingeschränktem Blickfeld, meine Eltern händehaltend nebeneinander. Maria und Julian haben so einiges zu besprechen. Für mich ist es neu und deshalb auch sehr interessant.

So erfahre ich, wie das Betriebsklima bei der Firma Grob zu bewerten ist, wie der weitere Zeitplan unsere Pool-Baustelle und wie der Essensplan für die nächste Woche aussieht. Als wir wieder zuhause sind, fragt meine Mama Maria per Handy meine beiden Onkels, ob sie die Aufgabe des Paten übernehmen wollen. Beide sagen zu und so wäre die Sache soweit geregelt. Zu einem Taufvorbereitungsgespräch müssen meine Eltern Tage später zum Pfarrer ins Kloster.

 Das alte Gemäuer beeindruckt Maria und Julian sehr, sehr andächtig nehmen sie die Worte des

Pfarrers auf. Das Gespräch, das sich sehr in die Länge zieht, beschreibt den kompletten Taufvorgang.

Julian, der nicht dem katholischen Glauben angehört, wird im Verlauf des Gesprächs mehrmals vom Pfarrer bedrängt, diesen anzunehmen.

Er schafft es aber nicht, Julian bleibt standhaft, wundert sich aber schon, dass bei einem Taufgespräch der Versuch unternommen wurde, ihn zu bekehren. Neben dieser Aktion tritt ein weiteres Problem auf.

Der Pfarrer gibt meinen Eltern zu verstehen, dass der oder die Paten dem katholischen Glauben angehören müssen. „Na gut, dann kann es nur Georg machen", denkt meine Mutter, da mein Schwager Janis ein „Evangele" ist. Vorsichtshalber ruft Maria ihren Bruder an und möchte sich vergewissern.

Da Georg aber auch keine Kirchensteuer mehr bezahlt, kristallisiert sich jetzt ein kleines Problem heraus. Maria und Julian klappern ihr ganzes Umfeld ab, um einen katholischen Kandidaten zu suchen.

Es gibt aber keine geeigneten Kandidaten. Was tun? Ja, diese Frage begleitet meine Eltern die nächste Zeit. Tage später wirft Maria den Großonkel Hubert in den Ring. „Der ist doch viel zu alt, stell dir mal vor, wenn Luis 20 Jahre alt wird, dann ist dein Onkel schon 86!"

„Stimmt!" kommt es von Maria kleinlaut zurück.

Ich denke mir, so schlecht wäre der Großonkel Hubert doch gar nicht, er ist schon etwas alt, aber irgendwie ist er doch eine coole Socke.

Ich kann mich mit dem Gedanken jedenfalls gut anfreunden, obwohl meine Eltern fleißig weitersuchen. Freudig nehme ich am nächsten Tag zur Kenntnis, dass es doch auf den Großonkel Hubert hinauslaufen wird, da er der einzige Kirchensteuerzahler in unserem Bekanntenkreis ist.

Zehnter Monat

Nachdem die schwierige Patensuche nun endlich beendet ist und der 6. Dezember als Taufdatum feststeht, kann ich mich wieder den alltäglichen Freuden und Sorgen widmen. Da ich mit meinen Babbellauten immer weiter in die deutsche Sprache eindringe und durch meine neunmonatige Lebenserfahrung viele Dinge erlebt habe, sollte mein Umfeld das auch berücksichtigen und mit mir normal sprechen.

Wenn ich bei der Großtante Jutta auf dem Arm sitze, wir durch das Zimmer schlendern und vor der Uhr stehen bleiben, sagt sie zum wiederholten Male: „Tick Tack-Tick Tack". „Meine liebe Großtante Jutta, das an der Wand hängende Gerät nennt sich Uhr!" Sie setzt aber noch einen drauf beim gemeinsamen Durchblättern eines Kinderbuches.

Sie nennt einen Traktor „Töff, Töff", eine Kuh „Muh", einen Hahn „Kikeriki" und selbst einen Hund bezeichnet sie als „Wauwau". In so einem Umfeld mache ich mir schon langsam Sorgen, wie es mit meinen Bildungschancen später einmal aussehen wird. Aber da ist die Großtante Jutta nicht die Einzige. Meine Großmutter Lisa steht ihr in diesem Punkt in nichts nach und befindet sich auf dem gleichen Level.

Mir ist schon bekannt, dass meine lieben älteren Damen es mit mir nur gut meinen, aber hier sehe ich bei den beiden noch ein großes Verbesserungspotential. Weitere Verwirrung kommt bei mir auf, wenn es um die Farben geht.

Ich sehe ein, dass man die Farbe Grün mit einer Wiese, den Himmel mit Blau und die Sonne mit der Farbe Gelb in Verbindung bringt.

Meine Probleme beginnen, wenn Farben im Krippenspiel, bei der Arbeit, beim Sport und in der Politik gesetzt werden. Wie kann ich verstehen, wenn in der Weihnachtsgeschichte von den „drei Weisen" gesprochen wird, obwohl ein „schwarzer König" unter ihnen ist.

Einige Kollegen meines Vaters verdienen sich durch „Schwarzarbeit" ein bisschen Geld nebenher. Auf dem Fußball-platz werden gelbe und rote Karten gezeigt, warum keine blauen oder grüne? Ganz verwirrend wird es in der Politik. Im Deutschen Bundestag sind folgende Farben vertreten: Schwarze, Rote, Grüne, Gelbe, Blaue und Dunkelrote. Mein Fazit: Die Bundesrepublik Deutschland wird von sechs Farben regiert. Sollte meine Entwicklung im gleichen Maße weiterfortschreiten, und ich das Wissen eines normalen Erwachsenen erlangt haben, werde ich mich nochmals des Themas annehmen.

Bei so vielen unausgegorenen Sachverhalten sollte ich eigentlich mein Wachstum einstellen und immer Kind bleiben. Wenn da nicht das mit der Windel wäre. Aber so lange ich diesen nächsten Schritt, einen selbständigen Toilettengang, noch nicht hinbekomme, macht es wenig Sinn, mich dem weiteren Fortschritt zu entziehen.

Also tauche ich wieder in den Alltag ein. Mein neues Fußballfeld, das mir mein Papa gekauft hat, macht mir jeden Tag mehr Spaß. Das Wegrollen des Balls kann ich immer öfter verhindern und langsam bekomme ich ein gutes Ballgefühl. Zumindest in den Händen.

Auf der einen Stirnseite ist ein Fußballtor, auf der andern ein Basketball-Korb angebracht. Wenn ich abwechselnd den Ball in den Korb oder in das Tor werfe, höre ich meinen Papa die Namen Nowitzki und Müller sprechen. Warum er das macht, kann ich nicht sagen, aber ohne Grund wird er es sicherlich nicht tun. Etwas störend ist es, dass meine Mama Maria in mein Sportfeld mehrfach Stofftiere legt. „Wie soll denn da der Ball rollen", denke ich und ziehe meine Stirn noch etwas nach oben.

Obwohl ich mich bemühe, die vielen Mitspieler aus meiner Sportarena zu werfen, gelingt es mir nicht, das Spielfeld wieder für mich allein zu haben, da meine Mutter Maria diese postwendend wieder zurücklegt. Mit dem Oskar Reiß und dem Hansi Flick könnte ich noch leben, denn mit denen kann ich ja gut zusammenspielen, aber der Rest sollte das Spielfeld schnellstens verlassen.

Mittags sitze ich in meinem Hochstuhl und werde mit einem Löffel gefüttert. Auf dem Etikett des Gläschens kann ich lesen, dass es sich hierbei um ein Gries-Apfel-Gemisch handelt. Da meine Mutter und ich diesen Vorgang schon hundert Mal geübt haben, werden wir immer perfekter. Der Löffel wird professionell in meinen Mund eingeführt, ich übernehme die breiartige Masse in meinem Mund, verteile sie und schlucke sie letztendlich hinunter. Es bedarf auch keiner Nachreinigung meiner Lippen, da meine Esstechnik schon ausgereift ist. Ja, ich werde immer perfekter! Auch in Sachen Geschwindigkeit kann ich immer mehr Erfolge aufweisen.

Seit ich vom Robben ins Krabbeln gewechselt bin, kann ich eine Strecke noch einmal so schnell hinter mich bringen als zuvor. Das verlangt ein Umdenken bei Mama und Oma. Konnten sie noch vor ein paar Tagen ihr Erlebnisse zu Ende erzählen, ist jetzt Eile geboten. Innerhalb von fünf Tagen ist es mir mehrfach gelungen, Gegenstände, die auf Greifhöhe standen, zu Fall zu bringen. Mittlerweile wird ein regelrechter Umverteilungs-prozess eingeleitet.

Wie im Leben selbst, von unten nach oben. Mein Leben ist jetzt sehr vielseitiger, es ist reizvoller, da ich zu jeder Zeit loslegen kann. Die größte Chance entsteht, wenn sie zumindest zu zweit sind. Wenn sie sich intensiv über Neuigkeiten austauschen, wird schon mal das Auge von mir gelassen. Sobald ich dann die Sachlage richtig einschätze, schlage ich zu. Das Projekt meiner Begierde habe ich schon seit längerem im Visier und wenn mein Start gelingt, gibt es kein Entkommen mehr. Ob es eine Obstschale, eine Vase oder ein Buch ist, ich erreiche alles, was sich in meinem Greifbereich befindet.

Nach meinen letzten Erfolgen sind sie etwas konzentrierter geworden.

Jetzt unterbrechen sie schon mal ein intensives Gespräch und reagieren sofort, um mir mein Erfolgserlebnis zu nehmen. Zugegeben, meine Quote wird langsam schlechter, aber ein großer Wurf gelingt mir noch täglich zum Leidwesen meiner Eltern und Großeltern.

Von heute auf morgen verändern meine Erziehungs-berechtigten ihr System. Zum einen stellen sie ab sofort alles Bewegliche auf eine Mindesthöhe von einem Meter. Des Weiteren verbringe ich jetzt mehr Freizeit in diversen Laufställen. Hier ist meine Bewegungsfreiheit doch sehr eingeschränkt. Dieser brutalen physischen Folter kann ich nur

entkommen, wenn ich mein stärkstes Kommuni-
kationswerkzeug einsetze. Die 90 Dezibel, die ich
mir mittlerweile antrainiert habe, hält keine Oma
oder Mutter lange aus.

Und so ist es auch dieses Mal. Innerhalb von einer
Minute werde ich aus dem Käfig genommen,
getröstet und liebevoll in den Arm genommen.

Habe ich vor dem Laufstall alles erkundet, dann
habe ich nichts dagegen, wenn man mich zum
Nachdenken in meine beengte Behausung steckt.
Aber auch hier ist es so, dass Gutgemeintes immer
das Beste für mich ist. Maria, Julian, Michael,
Großmutter Lisa, Kaspar, Großtante Jutta und der
Rest meiner Verwandtschaft bringen bei Besuchen
sehr oft Stofftiere mit. Diese werden mir dann
überreicht und meist quittiere ich die Übergabe mit
einem süßen Lächeln. An die Folgen denkt hier
wieder keiner.

Wie soll ich mit meinen unzähligen Stofftieren ein
Verhältnis aufbauen.

In der heutigen Zeit ist es enorm wichtig, sich, durch
persönliche Beziehungen ein großartiges Umfeld zu
bauen. Ich kann mir nicht einmal alle Namen
merken, geschweige denn ihre positiven oder
negativen Eigenschaften. Großonkel Hubert sagt
immer zu mir, wenn man im Leben fünf Freunde hat,
dann ist das eine ganze Menge!

Aus diesem Grund wäre es besser, wenn ich neben Hansi Flick und Oskar Reiss nur noch einen Hund, eine Giraffe und einen Esel in meinem Gehege hätte. Da die Namen der guten Fußballspieler schon vergeben sind, kann ich den Hund ja nach einem großen Politiker benennen. „Adenauer", das klingt doch gut. Die Giraffe werde ich nach einem berühmten Physiker benennen. „Einstein" würde sich freuen, wenn man nach ihm eine Stoffgiraffe benannt hätte.

Beim Esel muss ich aufpassen. Der Esel hat bei uns Menschen unberechtigter Weise einen schlechten Ruf. Er ist dickköpfig und launenhaft, macht das aber nicht ohne Grund. Und hier habe ich das gleiche Problem wie der Esel. Wir werden missverstanden! Ich werde durch das Erlernen der Sprache in ein paar Jahren von den Fehleinschätzungen befreit sein. Der Esel leider nicht! Aber welcher Mensch will schon als Namensgeber für einen Esel herhalten?

Bei den Begriffen dickköpfig und launenhaft fallen mir in meinem Umfeld schon einige ein, darf sie aber nicht verwenden, weil sonst meine weitere Entwicklung darunter leiden könnte. Ich gebe dem Esel den Namen „Grauer Star." Mit diesen fünf kann ich mir gut vorstellen, eine gewisse Zeit zusammen zu leben. Aber wie bringe ich den Wunsch meinen Eltern bei? Mit Hansi Flick, Oskar Reiss, dem

Adenauer, dem Einstein und dem Grauen Star wären wir eine breitgestreute Wohngemeinschaft, auf die sehr viele von euch neidisch wären.

Es wird wohl noch lange ein Wunsch bleiben. Ich würde sogar einem Austausch zustimmen, wenn einer aus Qualitätsgründen meinen Ansprüchen nicht mehr genügt.

Als ich am nächsten Morgen nach dem Erwachen, dem Wickeln und der Essensaufnahme in meinen intimen Bereich gelegt werde, bin ich sofort wieder umgeben von unzähligen flauschigen Stofftierkandidaten.

Ich benötige eine geraume Zeit, um aus der Riesenmenge meine fünf engen Freunde heraus zu holen. Eine vernünftige Unterhaltung kommt leider nicht zustande, da der Rest der Stofftiere laufend dazwischen quatscht. Langsam muss ich mich von meinem Wunsch verabschieden und stelle mich wieder der Realität.

Krabbelwettbewerbe mit der Großtante Jutta, Klatschorgien mit der Großmutter Lisa, Hey, Hey, Hey - Anfeuerungsrufe mit meinem Großvater Kaspar, vertreiben mir die Langeweile, haben aber keinen großen pädagogischen Effekt.

Wenn ich dann noch an die Aktionen des Großonkels Hubert denke, verlasse ich mein

Entwicklungsstadium mal wieder für eine gewisse Zeit.

Ich wüsste schon, wie man mich richtig erzieht, aber auf mich hört ja keiner. Mittlerweile ist es Dezember geworden, die Tage sind jetzt sehr kurz und so verbringe ich viel Zeit im Dunkeln. In den kurzen Abschnitten, in denen ich aktiv bin und meinen Tagesablauf abspule, vermisse ich einen Adventskalender. Ich bin bei Besuchen meiner kleinen Mitstreiter sehr neidisch auf sie. Sie erzählen mir von wunderbaren Adventskalendern, bei denen an jedem Tag ein Türchen geöffnet wird. Dahinter verbergen sich süße Köstlichkeiten, die mir bis heute vorenthalten werden. Ich verstehe es nicht!

Meine Großmutter Lisa, meine Mutter Maria und auch die Großtante Jutta sind doch normalerweise sehr um mein kindliches Wohlwollen bemüht.

Warum sie in diesem Bereich versagen, kann ich nur schwer nachvollziehen, werde aber in einem Jahr sehr kritisch nachfragen.

Aus Gesprächen zwischen Maria, Julian und meinen Großeltern erfahre ich, dass meine Taufe am 6. Dezember stattfinden soll. Normalerweise ist das der Nikolaustag, aber in diesem Jahr ist alles etwas anders und so werde ich in den nächsten Tagen getauft.

Im Vorfeld mussten sehr viele Formalitäten erledigt werden. Fürbitten und Lesungen haben wir alle ebenfalls rechtzeitig ausgesucht.

Eine wunderbare Taufkerze rundet den Besorgungsmarathon ab. Am Nikolaustag gehen wir gegen Mittag in die Kirche St. Martin. Dort werden wir bereits vom Pfarrer erwartet. Wir, das sind neben meinem Papa und der Mama meine Opas Michael und Kaspar, die Großmutter Lisa, die Großtante Jutta, meine Onkels Georg und Janis. Georg hat die Moni mitgebracht. Zu guter Letzt war der Großonkel Hubert noch dabei. Er ist neben mir heute die wichtigste Person bei der Feier. Großonkel Hubert ist mein Taufpate und er hält mich fast die ganze Zeit in seinen Händen. Durch das Schaukeln im Kinderwagen fallen mir kurz vor der Ankunft die Augen zu.

Ich träume von einem Treffen mit Zazu und habe somit eine kurzweilige Zeit. Die Gebete und Lieder, die den Rahmen meiner Feier gestalteten, habe ich komplett verschlafen. Beim eigentlichen Tauf-vorgang werde ich plötzlich wach und bin erstaunt.

Alle Anwesenden hatten einen Mundschutz im Gesicht. Mich erinnerte dieser Augenblick an eine Räuberbande, die gerade eine Bank überfallen haben. Das mit den Masken im Gesicht werde ich wohl in der nächsten Zeit noch mehrmals hinterfragen. Mit dem Verlassen der Kirche werden die Gesichtsbedeckungen entfernt. Beim Nachhauseweg fällt mir die kurze Lederhose meines Onkels Janis auf.

„Das muss ja ein harter Hund sein", denke ich mir, denn bei Minustemperaturen so eine Kleiderwahl zu treffen ist schon etwas Außergewöhnliches.

Zu Hause angekommen versammeln wir uns alle im Wohnzimmer. Essen und Trinken ist reichlich vorhanden, kein Wunder, dass mein erster Ehrentag endet wie alle Familienfeste, nämlich mit vollem Bauch und zu hohem Alkoholkonsum. Überhaupt der Alkohol: ich habe festgestellt, dass die Kommunikation zwischen den Erwachsenen bei steigendem Konsum immer flüssiger wird. Warum gibt man mir noch nicht diesen Sprachbeschleuniger? Bei mir wäre doch der Effekt am größten.

Wird wohl noch länger für mich ein Rätsel bleiben. Vor dem Weihnachtsfest steht bei mir noch die U6 an. Ihr erinnert euch an die vorausgegangenen Untersuchungen? Um weiterhin gut vorbereitet zu sein, blättere ich wieder im Kinderuntersuchungsheft. Hier sind meine weiteren Fortschritte schriftlich definiert. Unter anderen Richtlinien lese ich, dass ich fast ein Jahr alt bin. Man setzt voraus, dass ich schon robben oder krabbeln kann und mich an Möbeln in den Stand hochziehen kann. Punkt drei kann ich noch nicht erfüllen, werde aber bei meinen nächsten Aktivitäten diesen Gesichtspunkt mit in Betracht ziehen. Mit Unterstützung geht er möglicherweise sogar schon ein paar Schritte. Auch hier muss ich passen.

Ihr Kind wird fingerfertiger, so dass es mit etwas Hilfe auch schon aus einem Becher trinken kann, heißt es weiter. Die meisten Kinder ahmen in diesem Alter Laute nach und können Doppelsilben wie „Da-Da" bilden. Wenn Sie ihr Kind auffordern, reicht es ihnen vielleicht schon einen Gegenstand. Weiter heißt es in der Vorlage:

Der Arzt achtet bei der U6 wieder besonders auf Entwicklungs-auffälligkeiten. Ihr Kind wird körperlich untersucht. Zum Erkennen von Sehstörungen werden Untersuchungen der Augen durchgeführt.

Der Arzt schaut, wie beweglich Ihr Kind ist und wie es seinen Körper beherrscht. Außerdem interessiert sich der Arzt für den Kontakt zwischen Ihnen und dem Kind. Ihr Arzt berät Sie zu dem lauten Impfkalender empfohlenen Schutzimpfungen. Er bespricht mit Ihnen Themen wie die Ernährung Ihres Kindes und Maßnahmen zur Unfallverhinderung.

Die Förderung der Sprachentwicklung ist ein weiteres Thema, ebenso die Rachitis-Prophylaxe mittels Vitamin D und Kariesprophylaxe mittels Fluorid. Sie erhalten vom Arzt Hinweise zur kindlichen Mundhygiene. Zur Abklärung von Auffälligkeiten an den Zähnen oder der Mundschleimhaut bei Ihrem Kind werden Sie zur zahnärztlichen Überprüfung überwiesen. Da kommt einiges auf mich zu, ich nütze die wenigen Tage bis zur Untersuchung besser mit speziellen Übungen.

Leider sieht das mein Umfeld nicht so wie ich und ich bin wieder einmal auf mich allein gestellt. Meine Mama, meine Großmutter und auch die Großtante Jutta sollten das Kinderuntersuchungs-Heft doch gelegentlich mal in die Hand nehmen, um einen Überblick zu erhalten.

Denn tägliche Liebkosungen und Streicheleinheiten bringen mich auf dem Weg, ein Mann zu werden, nicht viel weiter. „Wie soll ich mich an Möbeln in den Stand hochziehen, wenn man mich beim Versuch das zu trainieren immer wieder vom Ort entfernt?" Diese erschwerten Bedingungen behindern meine Entwicklung doch sehr, deshalb bin ich gespannt, wie mein Besuch beim Kinderarzt verlaufen wird.

Aber bis dahin ist es noch Zeit. Bei allem, was mit Ernährung zu tun hat, bin ich meiner Entwicklung weit voraus. Mit meinen zehn Monaten schiebt man mir schon ganz viele Dinge in den Mund, die normalerweise von Erwachsenen gegessen werden. Brot-stückchen, Obst, Brezenteile, Milchreis und Quarkkuchen werden mir neben meiner normalen Kindernahrung auch in den Mund geschoben.

Da ist es kein Wunder, dass mein Gewicht durch die Decke schießt. Ich bin heute schon gespannt, welche Geschichten meine Eltern dem Kinderarzt erzählen, wenn er ihnen besorgt meinen neuen Body-maßindex zeigt. In dieser etwas besorgten Gefühlslage sehe ich Zazu, unseren Quotenkater, wie er vor dem großen Wohnzimmerfenster herumschleicht. Mit ein paar schnellen Krabbel-zügen bin ich rasch am Fenster und beginne mit ihm zu kommunizieren. Emotional aufgewühlt erzähle ich ihm, was ich gerade im Kinderunter-suchungsheft alles gelesen habe. Kopf- und schwanzschüttelnd hört er sich meine Sorgen an und bestärkt mich, es doch selbst in die Hand zu nehmen. Ihm ist es ähnlich ergangen.

Seine Eltern brachten ihm sehr lange immer eine tote Maus zum Essen mit.

Sie haben es gut gemeint, aber in der Entwicklungsphase hätte man den Jagdinstinkt trainieren sollen. War es bei kleinen Katzen nach acht Wochen normal, dass sie selbst für ihre Nahrung sorgen, so benötigte Zazu deren zwölf. Heute hat er das Trauma schon längst überwunden und macht mir auf Grund seiner Erfahrungen wieder Mut.

Darüber hinaus erzählt mir Zazu von seinen Erlebnissen, die er in den Nächten mit anderen Katzen hatte. Ganz schön spannend für mich.

Wenn ich an mein tristes Nachtleben denke. Und so beschließe ich, dass ich ab heute Nacht auch nicht mehr schlafe! Ich freue mich schon riesig auf die nächtlichen Abenteuer. Aber wie sollen diese aussehen? Noch in Gedanken versunken, erzählt mir Zazu von seiner wilden, pubertären Zeit, in der er noch nicht kastriert war.

Da liefen ihm die hübschesten Kätzchen hinterher und seine Liebesabenteuer waren legendär. Leichte Wehmut kann ich aus seinen Erzählungen erkennen, da diese Zeiten seit dem operativen Eingriff leider vorbei sind. Ich kann ihm da nicht genau folgen, finde aber, dass man ihm mit dieser Aktion in Sachen Spaßfaktor doch eine ganze Menge genommen hat. Wenig später verlässt er den Fensterplatz und streunt im Garten herum. Das Gespräch mit Zazu hat mir gutgetan, der Tag ist gerettet. Ein Besuch bei meinen Großeltern rundet den ereignisreichen Tag noch erfreulich ab.

Elfter Monat

Die Vorweihnachtszeit ist angebrochen und am Abend kann man die bunten Lichter und die geschmückten Bäume gut erkennen. Zudem ziert die öffentliche weihnachtliche Straßenbeleuchtung mit den leuchtenden Sternen unser Straßenbild. Aus dem Radio kann man den ganzen Tag besinnliche Lieder hören. Auch die Gespräche der Erwachsenen drehen sich um die Weihnachtszeit. Sie diskutieren, was sie mir zum Festtag alles schenken könnten. Viele wunderbare Sachen kommen zur Sprache, leider fast alle mit dem gleichen Ergebnis.

„Der Bub hat doch schon so viel", „der kann mit dem doch noch nichts anfangen", „er spielt doch am liebsten mit einer alten Blechdose" und auch mein noch so junges Alter wird als Grund herangezogen, um mir nicht so viel zu schenken. Da bin ich jetzt aber schon gespannt, was schlussendlich am 24. auf dem Gabentisch liegt.

Hier hätte ich mir von den Verantwortlichen etwas mehr Kreativität gewünscht.

Die Alten wissen genau, dass ich in eine hochmoderne digitale Welt hineingeboren worden bin. Zudem sollten sie in den letzten elf Monaten mitbekommen haben, dass ich allem Technischen sehr aufgeschlossen gegenüberstehe.

Meine Augen leuchten, wenn ich bunte Lichter sehe, oder der Fernseher läuft, mich meine Mutter Maria über das Tablet Märchen anschauen lässt und auch die Krippe im Schaufenster von Großonkel Hubert spricht mich jedes Mal an.

Wenn sie mich nur ein bisschen liebhaben, dann sollten mindestens zwei batteriebetriebene, elektronische Artikel dabei sein.

Bei Geschenken wie Stofftieren, Bauklötzchen, neuen Kleidungsstücken oder Kinderbüchern wäre das Weihnachtsfest nicht optimal für mich gelaufen. Ich lasse mich gerne überraschen. Aber bis dahin ist ja noch etwas Zeit. Da die Temperaturen sich meist um den Gefrierpunkt bewegen, spielt sich der größte Teil meines Tages im Inneren unseres Hauses ab. Mehrmals bekommt meine Mutter Besuch von ihren Freundinnen. Was da alles besprochen wird, ist für mich nicht so wichtig, da es sich meistens um Frauengeschichten handelt. Und ich bin ja schließlich ein Mann!

Vereinzelt sind auch kleine heranwachsende Babys dabei. Man setzt mir für mich zu diesem Zeitpunkt völlig fremde, kleine Hosenscheißer auf meine Spieldecke und erwartet, dass ich sie bespaße.

Ich kenne weder die Vorlieben noch die dunklen Seiten der Eindringlinge. Man setzt mir völlig unterschiedliche Typen auf meine Decke. Mit der

Zeit bekomme ich eine gewisse „Menschenbaby-kenntnis". Vom Schreier bis zum Angeber ist alles dabei.

Mit den meisten arrangiere ich mich nach dem ersten Kennenlernen. Schlimm wird es erst, wenn die auf den hohen Stühlen sitzenden Mütter erzählen, was wir Kleinwüchsigen schon alles auf dem Kasten haben.

Dann müssen wir kleinen Konkurrenten so eine Art Castingshow abliefern.

Jeder meiner „Gegner" hat sich in den letzten Tagen eine Besonderheit antrainiert, mit der er bei mir auf der Decke punkten möchte.

Meist klappt es nicht, da die Mütter zu ehrgeizig sind und der oder die Kleine dem Druck nicht standhält und meistens aufgibt. Es gibt aber auch Streber, die ihre Hausaufgaben gemacht haben und mich ein bisschen vorführen. Neben dem Hochziehen an der Couch kommen auch kurze Momente des Stehenbleibens und das selbständige Trinken aus der Flasche zur Vorführung. Mich beeindruckt diese Art der Selbstdarstellung nicht, deshalb kann ich dem Ganzen auch nicht viel abgewinnen.

Aber da muss ich durch und meine Mutter Maria soll auch stolz auf mich sein. Meine besonderen Fähigkeiten sehe ich meist im Kampf Mann gegen Mann und so schubse ich meinen gleichaltrigen

Kontrahenten schon mal um oder ziehe ihn an den Haaren.

Diese Aktionen werden von der gegnerischen Seite nicht gerne gesehen, meine Mama muss dann ihre aufgebrachten Freundinnen beschwichtigen. Das Umschubsen meiner meist körperlich unterlegenen Mitheranwachsenden ist gar nicht so schwer, ich habe vor, diese Art der Selbstverteidigung weiter zu perfektionieren.

Natürlich tauschen wir uns auch aus. Hier erfahre ich von meinen kleinen Freunden, dass die Einschlafphase die heikelste des ganzen Tages sei.

Nur wenn es den Eltern gelingt, uns mit unterschiedlichsten Techniken in den Schlaf zu singen oder zu schaukeln, haben sie für den Rest des Abends ihre Ruhe. Man merkt auch, je mehr Versuche sie benötigen, um uns zur Ruhe zu bringen, um so nerviger werden Sie. Da kann es schon mal vorkommen, dass nach Stunden des Kampfes Wach gegen Schlaf, Papa oder Mama nicht mehr so souverän wirken und Sachen sagen, die nicht an ein Kinderohr gelangen sollten. Aber Eltern sind doch auch nur Menschen!

Mit dieser Erkenntnis möchte ich das Thema beenden und wieder in den Alltagsmodus schalten. An den langen Winterabenden sitzen meine Eltern nach dem Essen noch eine Weile am Tisch und besprechen die Themen und Probleme des vergangenen Tages. Von Politik über finanzielle Transaktionen bis hin zur Pandemie. Mir ist der letzte Begriff nicht bekannt, aber die Mimik und die Gesten sind nicht sehr positiv. Jetzt wird mir auch langsam klar, warum alle Erwachsenen bei meiner Taufe eine Maske getragen hatten.

Es ist von einem Virus die Rede, das sehr heimtückisch und gefährlich sein soll.

Den Begriffen Pandemie, Virus oder Corona kann ich noch keine Bedeutung beimessen, sorge mich aber, da dieses Thema in den nächsten Tagen noch nicht vom Tisch ist. Alle Zeitungen sind damit gefüllt, es gibt keinen Fernsehsender, der sich der Sache nicht annimmt und auch Gespräche zwischen Opa, Oma und Großtante Jutta sind von einer besonderen Vorsicht geprägt. Aber soll ich mir von dem Virus meine vorweihnachtliche Stimmung nach unten ziehen lassen?

Nein! Zumal ich nicht zur Risikogruppe dazugerechnet werde. Und so gestalte ich meinen Tagesablauf wieder selbst und spiele auf meinen drei Indoor-Kinderspielplätzen. Mein Hauptplatz befindet sich im Wohnzimmer meiner Eltern. Hier stehen neben meiner riesigen Sportanlage noch eine übergroße Couch und ein kleines Heimkino.

Mein zweiter Spielplatz befindet sich bei meinen Großeltern in der Blumenstraße. Hier hat man mir einen laminierten Platz zur Verfügung gestellt, der aber mit Gitterstäben begrenzt ist. Diese zwei Quadratmeter große Spielarena ist der nostalgischste Spielplatz von allen.

Da befinden sich fast ausschließlich ältere Spielkameraden. Stofftiere, die schon älter als 30 Jahre alt sind, haben natürlich eine ganze Menge zu erzählen.

Hier höre ich viele Geschichten von meiner Mama und meinem Onkel Georg.

Die ersten Monate dieser beiden waren auch nicht nur von Harmonie geprägt, wobei die Robbe Robbi mir erzählt, dass die gewaltigen Stimmeinlagen meines Onkels sagenumwogen gewesen sein sollen.

Meine dritte Freizeiteinrichtung befindet sich im Wohnzimmer vom Großonkel Hubert und der Großtante Jutta. Hier hat man mir eine Spielarena mit vier Quadratmetern zur Verfügung gestellt.

Natürlich steht auch da eine Kiste mit diversen Freizeitgeräten, Stofftieren, Kinderbüchern, leeren Cremedosen, Kochlöffeln, alten Töpfen, Beißringe und anderen babytauglichen Gerätschaften. Durch diesen glücklichen Umstand, drei hochausgestattete Spielstätten immer zur Verfügung zu haben, sollte es mir in der nächsten Zeit gelingen, das Laufen zu erlernen. Dieses Thema spukt immer mal wieder bei meinen Eltern herum. „Jetzt sollte er schon mal anfangen, sich hochzuziehen, dann stehen bleiben und in naher Zukunft mal ein Bein vor das andere setzen".

Diese Aussage ist nicht gegen mich gerichtet. Nein, sie wollen eigentlich nur noch ein bisschen stolzer sein auf mich und auf die Fragen aus dem Bekanntenkreis keine Ausreden mehr heranziehen müssen.

Das bräuchten sie ja gar nicht machen, denn ich weiß, dass das mit dem Laufen nur noch eine Frage der Zeit ist. Und die Zeit läuft im wahrsten Sinne des Wortes für mich! An das vielseitigere Essen, das mir mittlerweile verabreicht wird, müssen sich meine Organe noch gewöhnen.

Durch den nicht abgestimmten Mix versammeln sich in meinem Magen einige Produkte, mit denen mein kleiner Körper noch Probleme hat.

Es entstehen Blähungen und mein Stuhlgang ist auch nicht mehr so geschmeidig. Wenn es mir gelingt, durch Winde den Druck im Magen und Darmbereich zu reduzieren, kann ich diesen Zustand gerade noch aushalten.

Doch es gelingt es mir nicht immer, oft muss ich höllische Qualen aushalten. Mit einem herzergreifenden Weinen erleichtere ich mir die schmerzhafte Situation. Statt mir mit der Hand meinen Bauch zu streicheln oder zu massieren, steckt man mir eine Flasche in den Mund und je nach Inhalt kann es zu einer weiteren Verschlechterung meines Gesundheitszustandes kommen. Obwohl ich mir in den letzten Monaten verschiedene Weinlaute angeeignet habe und je nach Schmerzempfinden oder Jähzorn unterschiedliche Tonarten herausposaune, kann niemand meinen Geheimcode knacken und ich bleibe mit meinen Schmerzen bis auf weiteres allein. Wie ihr seht, habe ich das größte Interesse, schnellstmöglich die deutsche Sprache zu erlernen. Und so geht auch dieser Tag für mich sehr schmerzvoll zu Ende. Nachdem mein Darmtrakt dem Druck nachgegeben hat, lassen die Schmerzen nach und ich komme doch noch rechtzeitig zum Schlafen. Das lang-anhaltende Schreien kostet Energie, darum bin ich heute sehr müde und hoffe auf eine lange ruhige Nacht.

In der Vorweihnachtzeit fehlt es in meinem engeren Umfeld etwas an Sensibilität. An vielen Häusern ist eine Weihnachts-dekoration angebracht.

Wir haben leider kein Licht an unserem Haus, obwohl meine Eltern genau wissen, dass mich diese Helligkeitsspender sehr anziehen. Noch schlimmer ist es im Haus. Statistisch gesehen werden in

Deutschland von über 70 % der Bevölkerung Adventskränze in der Vorweihnachtzeit aufgestellt.

Wie soll ich einmal später von meinem ersten Weichnachtfest erzählen, wenn nicht einmal ein Adventskranz in unserem Wohnzimmer steht.

Ja, die neue Generation hält die Traditionen nicht mehr so aufrecht. Auch werden mir weitere weihnachtsspezifische Artikel vorenthalten.

Keine Plätzchen, kein Stollen, keine Lebkuchen und auch kein Punsch werden mir angeboten. Wie also soll das Weihnachtsfest für mich noch schön werden? Es sind nur noch ein paar Tage bis zum 24. Dezember. Vielleicht denken meine Eltern, Opas und Oma endlich mal an mich, denn das Weihnachtfest ist eigentlich ein Kinderfest.

Schließlich wurde unser Christkind geboren. Und ich bin jetzt bereits elf Monate älter als das Jesuskindlein bei der Geburt war. Nach dem Motto „Die Hoffnung stirbt zuletzt" gehe ich trotzdem die letzten Tage sehr optimistisch an. Wäre da nicht noch die U6. Mein Check beim Kinderarzt!

Drei Tage vor Weihnachten noch so einen Termin zu vereinbaren ist schon sehr riskant. Aber trotz dieser Unsicherheit bin ich fest entschlossen, mich dem Doktor zu stellen. Durch die vielen Vorbehalte meiner Mutter Maria hat mein schon sehr weit entwickeltes Selbstvertrauen etwas gelitten und ich überlege mir auf der Fahrt zum Arzt noch einige Finten, um gewisse Zweifel auszuschalten.

Die Begrüßung in der Praxis ist sehr kinderfreundlich, ich habe gleich ein sicheres Gefühl. Da ich mein Lächeln je nach Situation geschickt einsetzen kann, sind mir die Sympathien schnell sicher. Sehr interessant ist das Stethoskop, das der Arzt um den Hals hängen hat.

Das kann man schön greifen und daran ziehen. Schon liegt es auf dem Behandlungstisch. Durch ein geschicktes Ablenkungs-manöver wechselt die medizinische Gerätschaft wieder den Besitzer und schnell sitze ich jetzt mit freiem Oberkörper meinem Kinderarzt gegenüber.

Mit geschultem Blick mustert er mich genau, fragt meine Mutter nach belanglosen Themen und greift jetzt selbst zum Stethoskop, um es an verschieden Stellen meines Oberkörpers zu platzieren. Ein bisschen kalt ist es schon, denke ich mir, kann aber dem Treiben des Arztes nichts Negatives abgewinnen. Der Blick in meinen Rachen, in meine Ohren, in meine Nase und das Ziehen an Händen und Füßen begleitet er mit wohlwollenden Kommentaren.

Bei meiner Mutter Maria kann ich die Erleichterung förmlich spüren. Ihr leicht angespannter Gesichtsausdruck lockert sich nach jedem

Kommentar und manchmal huscht sogar ein Lächeln über ihr Gesicht. Die schwierigste Prüfung steht uns aber noch bevor.

Das Wiegen! Mit Bedacht legt man mich in eine mit weichen Tüchern ausgelegte Schale. Gespannt verfolgen alle Anwesenden diesen spannenden Moment der Gewichts-ermittlung. „Der Luis liegt ja voll im Trend", sagt der Arzt und begründet es mit meiner Größe. Wegen meiner überdurch-schnittlichen Körpergröße darf das Gewicht etwas höher sein als bei meinen gleichaltrigen Hosen-scheißern.

Die ganzen Werte werden anschließend noch schriftlich festgehalten und dann haben wir den im Vorfeld befürchteten Termin mit Bravour bestanden. Die kurzweilige Heimfahrt gestaltet sich sehr informativ, da meine Mutter Maria mir die Befunde noch einmal erklärt mit dem Kompliment des Kinderarztes, dass ich schon sehr aufrichtig die Situationen erkennen kann und keinerlei Anzeichen von Fremdeln zeige. Meine 10.700 Gramm Körpergewicht stehen der imposanten Körpergröße von 78 cm gegenüber.

Daraus schlussfolgere ich, dass es an den kommenden Weihnachtstagen keine Einschränk-ungen beim Essen geben wird. Mit dieser freudigen Erkenntnis lasse ich das große Fest auf mich zukommen. Über eine Weihnachtsgeschichte, die man mir vorlesen könnte, würde ich mich schon freuen. Leider erkennt keiner meiner Erziehungsberechtigen diesen Mangel, deshalb werde ich das Weihnachtsfest wohl ohne dieses Ereignis angehen. In einigen Geschäften kann ich Krippen in unterschiedlichsten Formen sehen.

Für mich ist das enorm wichtig, um die Zusammenhänge um Weihnachten besser verstehen zu können. Da hilft auch die Diskussion um die Heiligen Drei Könige nichts, die in meinem Umfeld losgetreten wurde. Da ist unter anderem von einem „Mohr" die Rede, der ausgetauscht werden soll, weil gerade eine Initiative gegen Rassismus in der Gesellschaft diskutiert wird. Verstehe ich nicht!

Was hat der Mohr denn Böses getan?

Das Austauschen kenne ich nur von der Fußballbundesliga und da wird als Grund eine schlechte Leistung oder eine neue taktische Ausrichtung genannt.

Aber was hat die Bundesliga mit den drei Heiligen Königen zu tun? Ich schätze mal, dass taktische Gründe für den Sinneswandel verantwortlich sind. Aber lassen wir die drei einmal in Ruhe. Im Zentrum aller Krippen steht ein unbequemes Kinderbettchen mit einem Neugeborenen.

Papa und Mama stehen davor und beschützen das Jesus-Kindlein. Das verstehe ich noch, aber warum ein Ochse und ein Esel im Kinderzimmer stehen müssen, ist für mich nur schlecht nachzuvollziehen. Die Besucher, die sich zu dem besonderen Ereignis angemeldet haben, sind ärmlich gekleidet, haben einen Stock in der Hand und werden Hirten genannt. Das ist bei fast allen Krippen identisch. Von dem kleinen Kind werden besondere Geschichten erzählt. Wenn das alles stimmt, dann würde ich den Kleinen als frühreif bezeichnen.

Sind aber vermutlich alles nur Gerüchte, denke ich mir. Aber jetzt konzentriere ich mich auf mich selbst, denn ich bin ja schließlich elf Monate älter als dieser Heilsbringer. Wie ihr wisst, habe ich vor Wochen meine Fortbewegungstechnik weiterentwickelt und verfüge jetzt neben dem Drehen auch über das Krabbeln. Das heißt für mein Umfeld jetzt, dass sie keine ruhige Minute mehr haben. Benötigte ich mit der Drehtechnik noch eine Minute, um vom Tisch zur Türe zu gelangen, so schaffe ich das jetzt in zehn Sekunden.

Verbunden mit dem Aufrichten an gewissen Gegenständen bin ich auch in der Lage, alles abzuräumen, was mir in meine Händchen kommt. Wenn ich den richtigen Zeitpunkt erwische, dann kann es schon mal ganz schön scheppern. Nach mehreren Angriffen haben meine Gegner ihre Strategie geändert. Sie stellen alles Bewegliche auf eine Höhe, die es mir unmöglich macht, weiteren Schaden anzurichten.

Schade! Zwei Tage vor Weihnachten hat mein Papa Julian Geburtstag.

Normalerweise richtet er da ein riesiges Fest aus. Da im Radio bereits zu hören ist, dass unsere Ministerpräsidenten und selbst die Bundeskanzlerin ein Verbot über zu große Treffen im Familienbereich angeordnet haben, fällt dieses Event diesmal ins Wasser.

Aber Feiern im kleinen Rahmen haben auch etwas. Aus meiner Sicht läuft dieser Geburtstag optimal. Obwohl mein Papa heute seinen Ehrentag hat, gilt der größte Teil der Aufmerksamkeit mir. Nach der Übergabe von Geschenken und ein paar belanglosen Worten richten sie ausnahmslos den Blick auf mich, gefolgt von der überflüssigen Frage:

„Ja wen haben wir denn da?" Alle wissen, wie ich heiße und fragen trotzdem. Na ja, Erwachsene! Dann werde ich auf den Arm genommen, geschaukelt, gehoben, fallen gelassen und auch noch geherzt.

Dieses „in Beschlag nehmen" ist nach dem dritten Mal gar nicht mehr so lustig, also beende ich diese zur Schaustellung mit einem Quengeln und einem mittellauten Geheule. In solchen Fällen wird dann nach meiner Mutter gerufen. Mit einem Augenzwinkern nimmt sie mich dann auf ihren Arm und erlöst mich von dem allzu großen Trubel. Heute sind auch mein Onkel Janis und mein Opa Michael gekommen.

Leider sehe ich die beiden selten, da sie noch berufstätig sind. Aber wenn sie da sind, dann sind sie sehr lieb und bringen immer eine gute Laune mit. Von der engeren Familie fehlt eigentlich nur mein Onkel Georg. Der wohnt in München und beruflich ist er sehr gefordert. Er arbeitet bei der Polizei und fängt mit seinem Laptop Gauner.

Ich weiß nicht, wie er das macht, aber ich stelle mir diese Art der Kriminalitätsbekämpfung sehr spannend vor. Vielleicht erzählt er mir mal von seiner besonderen Tätigkeit. Irgendwie muss mein Papa Julian sehr beliebt sein, denn alle bringen ihm ein Geschenk mit.

Das größte bekommt er von meiner Mama Maria. Sie hat im Vorfeld mit meinem Großvater Kaspar eine Europalette so umgestaltet, dass man Schnapsflaschen darin sehr dekorativ deponieren kann. Aber auch dieses Fest ähnelt allen anderen. Wenn nach dem Essen die Alkoholaufnahme bei den Einzelnen ein gewisses Maß erreicht hat, kommen unkontrollierbare Wortzusammenstellungen zustande. Da aber bei allen der Pegel in etwa gleicht steigt, fällt es keinem auf. Der Einzige, der das Niveau noch aufrechterhält, bin ich, da ich mich nicht an den Diskussionen beteilige.

Wenn es am gemütlichsten ist, muss ich den Raum verlassen und nach meiner Abendtoilette das Bettchen aufsuchen. Diesen Kontrast, nach dem vielen Lachen auf einmal in diese Ruhe abgeschoben zu werden, verkrafte ich nur schwer. Zumindest meine Mutter teilt mein Schicksal, denn sie bringt mich in mein Zimmer.

Mit sanftem Streicheln, einer Gutenachtgeschichte und den Klängen der Spieluhr gleite ich in den Schlaf. Jetzt werden sie all diese Dinge diskutieren, die ich nicht hören soll. Mit dieser Erkenntnis geht der Geburtstag meines Papas zu Ende. Der nächste Tag beginnt im Haus etwas nervöser, da wir den 23. Dezember schreiben und meine Eltern wohl noch nicht alle Weihnachtsgeschenke zusammen haben. Obwohl im Vorfeld besprochen wurde, dass man sich heuer nichts schenkt, wird noch an ein paar kleine Überraschungen gedacht. Vor mir können sich meine Eltern voll austauschen, da ich noch nicht in der Lage bin, meinen Großvätern und der Großmutter alles zu verraten. Mit der Wahl der kleinen Geschenke liegen meine Erziehungs- berechtigten gut im Rennen, zumindest meiner

Einschätzung nach. Zudem wird noch das Weihnachtsessen zum Thema. Wann und wo, wer kommt, wer kommt nicht.

Wer wird besucht, wer nicht. Was ziehen wir an, haben wir genügend Getränke im Haus. Ich halte mich hier heraus, lehne mich zurück, um dem Ganzen nicht noch mehr Bedeutung beizumessen.

Leider kann ich hier nicht auf meinen Erfahrungsschatz zurückgreifen, da dies mein erstes Weihnachtsfest ist. Also müssen meine Eltern da allein durch. Mit großer Freude sehe ich, wie der Weihnachtsbaum, der schon einige Tage vor dem Haus lag, in das Wohnzimmer getragen wird. Ein fester Ständer gibt ihm ein gutes Fundament, deshalb brauche ich mir keine Sorgen wegen der Unfallgefahr machen. Von Hand hängen meine Eltern immer mehr von den roten Kugeln auf die Äste. Nach einigem Umhängen wird als Abschluss noch eine passende Lichterkette um die Kugeln gehängt.

Als dann mein Papa die Lichterkette einsteckt, ist mein Glück perfekt. Diese Leuchtkraft ist schon beeindruckend. Die bunten Kugeln spiegeln die Kerzen so hübsch, dass ich hellauf begeistert bin. Von mir aus könnte der Baum das ganze Jahr stehen bleiben. Geblendet von diesen Eindrücken übersehe ich meinen kleinen vierbeinigen Freund Zazu, der sich die ganze Show vom Fenster aus mitangesehen hat.

Natürlich gefallen ihm die Lichter und der Baum genauso gut wie mir. In seinen Katzenaugen spiegeln sich die vielen Lichter und selbst sein Äußeres hat einen besonderen Glanz. Beiläufig erzählt er von einer illegalen Katzenweihnachtsfeier letzte Nacht, die von der Polizei schnell aufgelöst wurde, da die Anzahl der Umherstreuenden zu hoch war.

Konsequenzen braucht er keine zu befürchten, da er nicht als Rädelsführer angesehen wurde.

Hätte die Polizei tatsächlich ihn als jenen ausgemacht, hätte er ein Riesenproblem bekommen. Zazu hat nämlich drei Wohnsitze in seinem Katzenpersonalausweis stehen. Blumenstraße 53, Blumenstraße 81 und Heimgartenstraße 33. Wir wünschen uns noch schöne Tage, hoffen auf viele schöne Geschenke und auf ein Wiedersehen nach den Festtagen.

Sein Angebot, mir zwei kleine Mäuschen zu schenken, habe ich dankend abgelehnt, da ich bis jetzt noch Vegetarier bin. Unsere besondere Freundschaft untermauern wir noch durch das Aufeinanderlegen seiner Pfote von außen und meiner Hand von innen.

Gemäß dem Lied „Gute Freunde kann niemand trennen, gute Freunde sind nie allein", gehen jetzt unsere Wege endgültig auseinander.

Leicht wehmütig schaue ich ihm noch hinterher, ehe er über die Hecke springt und hinter dem Haus verschwindet. Wenig später werde ich in mein Bettchen gelegt. Heute funktioniert das mit dem Einschlafen gar nicht gut.

Durch die vielen Gespräche vor dem großen Fest hege ich natürlich eine gewisse Erwartungshaltung. Welche schönen Überraschungen haben sie sich wohl ausgedacht, frage ich mich und fange an zu träumen.

Spielzeug benötige ich keines mehr, da meine Depots bereits alle überfüllt sind.

Ich wünsche mir mehr Freiräume, einen schönen Urlaub mit meinen Eltern, in Kaufhäuser gehen, um das bunte Treiben zu beobachten, abendliche Restaurantbesuche, einmal einen echten Kinofilm zu sehen und endlich das Sprechen zu lernen. Mit meinem letzten Wunsch könnten so viele Missverständnisse aus der Welt geschafft werden. Erst gestern brachten mich die Fehldeutungen meiner Großmutter und der Großtante Jutta fast zur Verzweiflung. Als sich mich in den Kinderwagen legten, haben sie übersehen, dass ein zweiter Schnuller in meinem Schafsack liegt.

Voller Hingabe und mit Streicheleinheiten betteten sie mich im Wagen, fixierten mich und wenig später waren wir bereits auf der Straße unterwegs. Am Anfang war der Druck dieses Kunststoffteils noch einigermaßen auszuhalten, aber mit der Zeit und vor allem mit den Unebenheiten des Weges erhöhte sich der Druck enorm. Da ich kein Weichei bin, versuchte ich, mich durch Verrenkungen von dem Schmerz zu befreien. Es gelang mir nicht und so musste ich notgedrungen meine Sirene anwerfen. Die Aufmerksamkeit meiner Großtante Jutta war sofort da, nur leider mit der falschen Diagnose!

„Bekommt das Bubele schon wieder einen neuen Zahn", vermutete sie und versuchte, mit einem leichten Schaukeln des Kinderwagens meine vermeintlichen Zahnschmerzen zu lindern. Dass sich der Schmerz durch diese Art des Schaukelns noch verstärkt, konnte sie nicht wissen, ich aber dafür noch mehr spüren.

Mein bitterliches Weinen lenkte auf dem Fußweg die gesamte Aufmerksamkeit auf uns. Das war der Großtante Jutta sehr peinlich und hatte zur Folge, dass wir auf dem schnellsten Weg mit nach Hause gelaufen sind.

Als sie mich durch das Herausnehmen von den Strapazen endlich befreite, sah sie den Schnuller im

Schlafsack liegen und rief erfreut, „da liegt ja der Dittl, den habe ich ja schon überall gesucht"!

In solchen Situationen muss ich locker bleiben, denn diese Selbstherrlichkeit, gepaart mit Naivität werde ich wohl nie verstehen. Ich bin nur gespannt, wie lange ich noch Zähne bekommen werde.

Würde es nach den Fehldiagnosen meiner Eltern und Großeltern gehen, so hätte ich schon über hundert Zähne bekommen. Wenig später befreit mich der Schlaf von dem schmerzhaften Erlebnis und der unsicheren Prognose und lässt mich letztlich sorgenfrei in den 24. Dezember hinübergleiten.

Beim Aufwachen war die nächtliche Erinnerung gegessen und so konnte ich mich wieder den schönen Seiten des Lebens widmen. Heute ist alles anders, meine Eltern sind locker drauf, sie erzählen mir, dass uns heute Abend beide Großväter, die Oma, beide Onkels, Großtante Jutta und der Großonkel Hubert besuchen. Natürlich wird jeder von ihnen ein Geschenk für mich dabeihaben. Mit dieser großartigen Aussicht vor Augen verläuft der Tag sehr stimmungsvoll.

Mir gestattet man heute viele Freiheiten, drängt mich aber immer wieder ab, wenn ich in die Nähe des wunderbar geschmückten Christbaumes krabble.

Die leuchtend roten Kugeln laden zum Anfassen förmlich ein und wenn ich eine erwischt habe, konnte ich sie mühelos abnehmen. Die letzten Stunden bis zur Bescherung verliefen dann eher etwas zäh.

Mit Blödeleien versuchte man mich trotz der Warterei bei guter Laune zu halten, dann aber war es endlich so weit. Unter einem Vorwand lässt man mich in den Flur hinaus krabbeln, verdunkelt anschließend das Wohnzimmer, läutet mit einem Glöckchen und öffnet die Türe.

Jetzt sehe ich die leuchtenden Kerzen, die von zwei weiteren Lichterketten umgeben sind. Das Leuchten der roten Kugeln passt hervorragend in das Gesamtbild. Alle Päckchen, die sich in meinem Greifbereich befinden, werden von mir ziemlich rasch aufgerissen und weggelegt.

Ich freue mich über jedes Geschenk, lege es aber sofort zur Seite, weil ja bereits ein neues auf mich wartet. Als die Zerreißorgie nach einer gefühlten Stunde vorbei ist, muss ich mich erst einmal erholen. Das schönste an den Geschenken ist das Aufreißen der Verpackung. Es ist spannend, da man nicht weiß, was sich dahinter verbirgt. Die Geschenke selbst werden dann später nach kurzem Ausprobieren dem riesengroßen Fundus meiner kompletten Spiele- und Tiersammlung hinzugefügt. Der Heilige

Abend verläuft danach allerdings nicht mehr so aufregend, darum begebe ich mich in mein Sportzentrum, um einige der Geschenke nochmals zu testen.

Meine Großeltern, Onkels, Maria und Julian nehmen am Tisch Platz und lassen sich das weihnachtliche Essen schmecken. Es ist eine lustige Runde, es wird viel gescherzt und gelacht. Gelegentlich wird ein Blick auf mich geworfen. Da ich aber meine Spielentdeckungsphase intensiv nütze, stört mich in der nächsten Zeit keiner meiner Aufpasser. Das nennt man dann wohl eine Win-Win-Situation. Gegen 22 Uhr ist für mich der Heilige Abend beendet und ich werde nach einer kleinen Abschiedsorgie ins Bett gebracht.

Bei meinem Papa und meinen Onkels macht sich der erhöhte Alkoholgenuss schon bemerkbar. Ihre Wünsche sprechen sie über eine sehr schwere Zunge aus.

Ich denke mir noch, mit euch möchte ich morgen früh nicht tauschen, bevor mir so langsam die Äugelein zufallen. Die weiteren Weihnachtstage sind geprägt von vielem Essen und Trinken.

Zwölfter Monat

Auch die Geselligkeit kommt nicht zu kurz, da an diesen Tagen unser Haus immer gut mit Gästen gefüllt ist. Für mich kann es keine bessere Situation geben, da mich abwechselnd immer eine oder einer in den Arm nimmt und mir meine Wünsche erfüllt. Durch meine flinke Krabbeltechnik erreiche ich meine angestrebten Ziele sehr schnell und so ich habe immer einen Aufpasser bei mir, der mich dann kurz vor dem Erreichen meines Zieles in seine Obhut nimmt.

Natürlich stellt sich in der illustren Runde die Frage, wann der „Prachtbursche" (Zitat Kaspar) endlich das Laufen lernt. Hier kommen einige Episoden an meine Ohren, die man nicht immer als seriös einschätzen kann.

Alle in der Runde konnten mit 11 Monaten bereits laufen, stehen und schon selbst aus der Tasse trinken. Diese Aussagen setzen mich unter Druck.

Aber wie soll ich mir die besagten Fertigkeiten aneignen, wenn bei jedem Versuch immer helfende Hände meine guten Absichten unterbrechen, mich auf den Arm nehmen und mir die Flasche in den Mund stecken? Das mit dem Laufen habe ich mir schon mehrmals überlegt.

Nach reiflicher Überlegung bin ich aber immer zum gleichen Schluss gekommen.

Wenn ich das Gehen erlerne, muss ich in Zukunft alle Wege selbst in Angriff nehmen. Jetzt ist es so, dass mich immer einer in den Arm nimmt und mich von A nach B bringt. Mit jedem Schritt würde ich meine

Bequemlichkeit aufgeben und würde mich außerdem selbst gefährden, weil Stolperer und Hinfaller meine ersten Schritte begleiten würden. Nein, da warte ich noch ein bisschen. Auch das Leben meiner Eltern und Großeltern würde sich von heute auf morgen schnell ändern.

Die hätten keine ruhige Minute mehr, denn wenn ich tatsächlich einmal loslaufe, dann kommen mir die wenigsten hinterher. Also mit meiner Entscheidung, die ersten Schritte jetzt noch nicht zu machen, komme ich meinen Erziehungsberechtigten doch sehr entgegen.

Sie sehen das etwas anders, aber ihre Argumente reichen beileibe nicht aus, mich umzustimmen. Anfänglich hat es mich schon gestört, wenn sie Vergleiche mit Gleichaltrigen herangezogen haben.

Doch mittlerweile lässt mich diese Art des Animierens kalt. Diese Informationen sind meist Fake News von anderen Müttern und Großeltern, die ihren Sprössling in ein etwas besseres Licht rücken wollen.

Ja, wenn es um die lieben Kleinen geht, dann kann man mit der Wahrheit schon ein bisschen spielen. Ich kümmere mich jetzt wieder um Fakten. Am Tisch meiner Eltern liegt das Kinderuntersuchungsheft. Hier blättere ich bis auf Seite 36. Beschrieben wird die Entwicklung der Heranwachsenden zwischen dem 10. und dem 12. Monat.

Daran orientiere ich mich jetzt und ignoriere weiter das Geschwätz der anderen.

So steht unter der Rubrik „Stimmung/Affekt folgendes geschrieben: „Das Kind erscheint in Abwesenheit der primären Bezugsperson zufrieden und ausgeglichen. Es bleibt bei Ansprache oder nonverbaler Kommunikation durch die primäre Bezugsperson in positiver Grundstimmung. Das Kind wirkt in Wiedervereinigungssituationen gelöst, erfreut und sucht den Blickkontakt zur primären Bezugsperson". Ganz schön kompliziert formuliert, aber für mich verständlich. Ich weiß nicht, ob mit dieser Art der Aufklärung einige Mütter und Väter überfordert sind.

Aber das ist ja nicht mein Problem. Unter der Rubrik „Kontakt/Kommunikation wird folgendes gefordert: „Das Kind reagiert bei Ansprache oder nonverbaler Kommunikation durch die primäre Bezugsperson mit Lächeln, Wenden des Kopfes oder spontanem Körperkontakt.

Das Kind sendet selbst spontan deutliche Signale zur primären Bezugsperson und sucht mit Blick, Mimik, Gesten und Lauten Kontakt.

Das Kind stellt in unbekannten Situationen Körper- oder Blickkontakt zur Rückversicherung zur primären Bezugsperson her!"

Alle diese Anwendungen beherrsche ich aus dem FF. Wenn ich nur reden könnte, denn die Anrede „primäre Bezugsperson", gegenüber meinen Eltern würde mir sehr großen Spaß bereiten. Aber aufgeschoben ist nicht aufgehoben! Der dritte Punkt scheint mir ähnlich gut zu gelingen. Hier fordert man von meiner Altersklasse unter den Stichwörtern Regulation/Stimulation folgende Fertigkeiten: „Das Kind lässt sich durch Wiegen, Singen oder Ansprache in kurzer Zeit von einer primären Bezugsperson beruhigen.

Das Kind geht auf ein Wechselspiel mit der primären Bezugsperson ein, das Kind kann seine Gefühle meist selbst regulieren und leichte Enttäuschungen tolerieren. Das Kind toleriert kurze Trennungen von der primären Bezugsperson. Das Kind reagiert angemessen auf laute Geräusche, helles Licht und Berührung." In diesem ärztlichen Leitfaden wird kein einziges mal Gehen oder Laufen erwähnt! Warum sollte ich mich dann freiwillig in Gefahr bringen, nur um im Dorftratsch positiv erwähnt zu werden? Dieser kompetente Bericht der Deutschen Kinderärztekammer bestärkt mich weiter, nicht auf alles sofort zu reagieren. Und sollte heute das

Thema noch einmal angesprochen werden, dann setzte ich meine stärkste Kommunikationswaffe sofort ein. Bei guter Atemtechnik kann ich schon auf eine Phonzahl von 90 Dezibel gelangen.

Am zweiten Weihnachtfeiertag ist etwas Schnee gefallen. Als Erzählungen meines Großvaters Kaspar, der immer gerne Geschichten aus seiner Kindheit erzählt, sind mir die Begriffe Schlitten, Schneeanzug, Schneeschuhe, Handschuhe, Zipfel-mütze sehr bekannt.

Insgeheim hoffe ich heute auf eine erste Schlittenfahrt mit meinem Opa. Doch dann muss ich zu meinem Bedauern feststellen, dass da gar keine Infrastruktur vorhanden ist. Kein einziger der genannten Gegenstände befindet sich in unserem Hausstand.

Das ist blamabel!

Es ist zum Heulen, aber wenn ich tatsächlich aus seelischen Gründen zu weinen beginne, schiebt man mir wieder eine Flasche in den Mund und meint das Problem so lösen zu können. Um diese wiederholte Fehleinschätzung zu umgehen, bleibe ich diesmal hart und benehme mich wie ein Mann und akzeptiere diese kinderfeindliche Familienpolitik. So sitze ich vor unserem riesengroßen Bildschirm und sehe mir mit meinem Vater Julian den sportlichen Jahresrückblick an. Mein Papa ist ein richtiger

Bayern München- Fan, aber das wisst ihr ja schon. Dieses Jahr gab es nur Grund zum Feiern.

Alle Wettbewerbe, an denen der Lieblingsverein meines Vaters teilgenommen hat, wurden vom FC Bayern München auch gewonnen.

Ob Bundesliga oder Champions League, DFB-Pokal oder Super-Cup, fast immer gewinnt der FCB. Als sie einmal verloren hatten, war er sehr traurig und da musste ich ihn trösten. Stellt euch vor, wenn mein Papa Fan von Schalke 04 wäre, da käme ich aus dem Trösten gar nicht mehr heraus.

An manchen Tagen darf ich abends die Tagesschau im Fernsehen ansehen. Hier sehe ich immer öfters die Bundeskanzlerin Angela Merkel sprechen.

Sie warnt uns vor der Pandemie und dem Corona-Virus. Die Begriffe kann ich noch nicht so recht einordnen, erkenne aber eine große Ernsthaftigkeit, bei den anschließenden Diskussionen. Immer wieder wird von einer Maskenpflicht gesprochen. In Geschäften und in den öffentlichen Verkehrs-mitteln ist es sogar zwingend vorgeschrieben, diese zu tragen. Auch hier wird wieder keine Rücksicht auf mich genommen. Meine Mutter Maria, mein Vater Julian, meine Großeltern, die Großtante Jutta der Großonkel Hubert, alle haben sie diese lebensnotwendige Maske, nur ich nicht!

Ich finde es unverantwortlich, mir diesen Schutz vorzuenthalten und werde, wenn ich der deutschen Sprache mächtig bin, meine Eltern zur Rede stellen. In zwei Tagen ist Silvester, der letzte Tag im Jahr. Traditionell werden da Raketen in die Luft geschossen und Böller mit lautem Krach zum Platzen gebracht. Normalerweise, heuer aber nicht. Soweit ich aus den Diskussionen entnehmen kann, hängt diese Entscheidung der Enthaltsamkeit ebenfalls mit der Pandemie zusammen.

Mir hätte diese Ballerei sicherlich gut gefallen, aber wenn es nicht geht, dann eben nicht. Ich kenne einen, der freut sich über den Verzicht auf die Feuerwerkskörper tierisch. Zazu, mein Katzenfreund hat mir gestern bei einem kurzen Besuch die Situation vom letzten Silvesterfeuerwerk sehr emotional geschildert.

Er hatte sich über Stunden in einer alten Regentonne verschanzt, um nicht von umherfliegenden Teilen getroffen zu werden. In den nächsten Tagen war er immer noch traumatisiert. Naja, dann bleibt ihm dieses Inferno heuer erspart und so freue ich mich eben für meinen Freund. An Silvester bekommen wir Besuch von meinem Onkel Georg. Er bringt seine Freundin, die Moni mit. Wir haben uns erst ein paarmal gesehen, aber ich finde sie ganz gut. Da mein zweiter Onkel, der Janis immer noch weiter nach einer geeigneten Partnerin sucht, liegt die Chance, dass ich eine Cousine oder einen Cousin bekomme, eher bei Moni und Georg.

Ich werde sie nicht drängen, aber so ein winziger Nachwuchs wäre eine schöne Abwechslung in meinem doch recht festgefahrenen Babyalltag. Das obligatorische Kinderfoto, bei dem man mir eine Karte mit der Aufschrift "Luis-elf Monate", in den Schoß legt und mich dann in mehreren Posen fotografiert, darf heute nicht fehlen und so werde ich mit leichtem Druck zu dieser Aufnahme platziert. Natürlich setze ich mein charmantes Lächeln auf und kann so mein Umfeld mehr als zufriedenstellen. Wir schreiben den 27. Dezember. Vier Tage später kommt der bereits angekündigte Silvesterabend, vor dem mich Zazu bereits gewarnt hat. Ich finde den Tag sehr spannend.

Am Vormittag kommen meine Großeltern Lari und Lisa und der Ohu zum Weißwurstfrühstück.

Zu dieser bayerischen Spezialität wird standesgemäß ein Weißbier gereicht. In der feuchtfröhlichen Runde fühle ich mich pudelwohl, da mir bei Genuss von alkoholhaltigen Getränken immer sehr viel Aufmerksamkeit geschenkt wird. Natürlich muss ich in der Runde meine Kunststücke zeigen, die ich mir durch langanhaltendes Training meist selbst beigebracht habe.

Das Klatschen ist heute der große Renner. In dem Moment, als ich mit dem Klatschvorgang beginne, wird diese simple Handhabung von allen Anwesenden kopiert. Die ganze Runde klatscht, obwohl es gar keinen Anlass dafür gibt. Begleitet wird dieser einzigartige Vorgang noch durch ein aufgesetztes Lachen. Hier möchte man mir optisch signalisieren, dass ich schon sehr weit in meiner Entwicklung vorangeschritten bin.

Meine Liveshow ergänze ich nun mit dem Öffnen und Schließen meiner Hände.

Wie auf ein Kommando, wechseln alle Anwesenden vom Klatschen in mein bereits eingeleitetes zweites Kunststück. Da sie alle auf mich schauen, erkennt keiner der Anwesenden seine nicht gerade ästhetische Aktion. Das Öffnen und Schließen der Hände beende ich nach einer gefühlten Minute und setze auf mein drittes Highlight, mein hinreißendes Lächeln. Wie bereits bei den ersten Themenwechseln folgt man mir zeitnah und versucht in Ansätzen mein Lächeln zu kopieren.

Das ist für einige ein so schwieriges Unterfangen, dass ich mir ein Schmunzeln nicht ganz verkneifen kann. Nach diesem Höhepunkt ziehe ich mich wieder in meine Sportarena zurück. Maria, Julian und meine Großeltern sprechen nach dem Essen noch eine gewisse Zeit über allgemeine Themen und brauchen meine Animation nicht.

Zusammen mit meinen Stofftieren, Bauklötzen, Spieluhren und Bällen verbringe ich einen relativ ruhigen Nachmittag. Lari und Lisa sind im Laufe des Tages nach Hause gegangen. Zu meiner Freude kommen am Abend mein Opa Michael und meine Onkel Georg und Janis.

Georg hat seine Freundin Moni dabei. Dieses Mal stehen etwas härtere Getränke auf dem Tisch als heute Vormittag. Zum Essen haben sie verschiedene kleingeschnittene Fleisch-, Fisch- und Gemüse-stückchen vorbereitet, die sie mit Spießen in eine heiße Flüssigkeit halten, um sie dann Minuten später herauszuholen und zu verzehren.

Gerade erinnere ich mich noch an meine sehr erfolgreiche Castingshow von heute Mittag, bei der ich allen Anwesenden große Freude bereiten konnte.

Getreu dem Motto, was am Mittag gut ist, kann am Abend nicht schlecht sein, inszeniere ich meinen zweiten Auftritt mit den gleichen Kunststücken. Die positive Reaktion meines Umfelds lässt nicht lange auf sich warten und so stehe ich in Windeseile wieder im Rampenlicht und genieße den Augenblick.

Das für mich etwas umständliche Essen zieht sich den ganzen Abend hin.

Das gibt mir Gelegenheit, mich etwas zurückzuziehen und mich auf den Jahreswechsel vorzubereiten. Da es in diesem Jahr ein Feuerwerkskörperabschussverbot gibt, wird die Nacht wohl ruhig bleiben, denke ich für mich und beteilige mich nicht mehr an der durch vermehrten Alkoholkonsum immer niveau-ärmeren Diskussion.

Irgendwann sind mir wohl die Augen zugefallen und ich bin in einen langanhaltenden Schlaf versunken. Leicht schreckhaft und zum ersten Mal sehe ich meine Eltern ungeschminkt und leicht zerknittert neben mir im Bett liegen.

Was ist denn mit denen passiert, frage ich mich und versuche die Situation einzuschätzen, ohne aber eine Lösung zu finden. Die Jahreszahl hat sich doch nur um ein Jahr verändert und nicht um 20! Doch als ich die ausgetrunkenen Flaschen nachzähle, wird mir einiges klarer.

Meine Eltern haben einen Kater! Hier ist nicht mein Freund Zuzu gemeint, mit dem ich mich heute noch treffen möchte, sondern das Ergebnis von übermäßigem Genuss von Alkohol. Auf Grund dieses jämmerlichen Anblicks überlege ich mir schon, ob ich später einmal alkoholische Getränke zu mir nehmen werde. Als beide das Bad verlassen, haben sie wieder ihre alte Schönheit zurück und ich brauche mich nicht mehr für sie schämen, wenn ich mich mit anderen Kleinkindern treffe.

So ein „deine Eltern schauen ja unmöglich aus" käme bei mir nicht gut an.

Der Neujahrstag verläuft sehr ruhig. Am Nachmittag gehen wir zu meinen Großeltern zum Kaffeetrinken. Hier treffe ich Zuzu und bin sofort gespannt, was er mir zu erzählen hat. Er signalisiert mir, dass dieser Jahreswechsel, der mit Abstand ruhigste war, den er in seinem Katerleben je miterlebt habe. Nach dieser freudigen Kunde krabble ich ihm hinterher.

Er springt gekonnt auf den Schaukelstuhl und ich platziere mich davor. Diese Momentaufnahme wird sofort von meiner Mutter per Handy festgehalten und anschließend im Netz gepostet. Da heute von mir keine Vorführungen verlangt werden, verläuft der Rest des Tages ohne weitere Höhepunkte. Am nächsten Tag sind wir alle etwas überrascht, als wir nach dem Aufstehen aus dem Fenster sehen.

Es hat geschneit! Aus Gesprächen mit älteren Kindern aus der Krabbelgruppe habe ich noch im Gedächtnis, dass man mit Schnee eine Menge Spaß haben kann. Da ist vom Schlittenfahren die Rede oder vom Rutschen mit dem Schnee-anzug, bis hin zu einer Schneeballschlacht.

Und da beginnt mein Dilemma. Meine Eltern Maria und Julian haben sich nicht vorstellen können, dass es im Januar einmal schneien könnte. Deshalb befindet sich weder ein Schneeanzug noch ein Schlitten in unserem Hausstand. Nicht einmal Winterstiefel habe ich gesehen. Gut, dass meine Eltern nicht daran gedacht haben, leuchtet mir noch ein, aber dass meine Großeltern und die Jutta diese Nachlässigkeit nicht erkannten, enttäuscht mich doch sehr. Auch das Thema Laufen, das immer wieder zur Sprache kommt, möchte ich hier noch einmal erwähnen.

Wie soll ich das Laufen erlernen, wenn die Infrastruktur nicht vorhanden ist. Ich könnte mir gut vorstellen, dass ich mir in schönen Winterstiefel-chen das Laufen schnell beibringen könnte. Und wenn ich dann mal umfallen sollte, falle ich nur in den weichen Schnee.

Aber ohne Stiefel wird es wohl so bald nichts werden. Und so bleibt mir als Fortbewegungsmittel letztlich nur der Kinderwagen übrig. Schweren Herzens lasse ich mich die nächsten Tage mit diesem Gefährt durch die Gegend schieben. Obwohl es auf einem Schlitten wesentlich angenehmer zum Sitzen ist, schiebt man mich mit meinem für die Winterzeit nicht tauglichen Gefährt durch die verschneiten Straßen.

Deshalb wünsche ich mir zu meinem baldigen ersten Geburtstag einen Schneeanzug, einen Schlitten und Winterstiefelchen. Nur wie sage ich es meinen Eltern und Großeltern? In den letzten Tagen ist der Schnee geschmolzen und die Temperaturen gehen leicht nach oben. Man sieht immer mehr Mütter mit ihren Kindern im Freien. Zentraler Anfahrpunkt ist der Spielplatz in der Ortsmitte.

Hier kann es schon einmal vorkommen, dass sich acht bis zehn Kinderwägen treffen.

Als große Unart empfinde ich es, wenn sich die Fahrerin unter dem Fahren mehr mit dem Handy in ihrer Hand beschäftigt als mit dem Verkehr.

Gestern wäre meine Mutter beinahe mit einer entgegen-kommenden Mutter kollidiert, weil beide ihre Augen auf dem Smartphone hatten.

Im letzten Augenblick konnte Maria meinen Wagen noch herumreißen.

Wenn unsere Kinderwagen am Spielplatz neben-einander-stehen, vernachlässigt jede Mutter ihren erzieherischen Auftrag, weil sie mit ihren Augen nur auf das elektronische Teil glotzt. Diese Unart muss endlich aufhören.

Nach Rücksprache mit meinen vernachlässigten Freunden beginnen wir alle zu heulen. Jeder so gut und laut, wie er kann. Meine Mutter Maria hat die Situation richtig eingeschätzt, drückt noch zwei dreimal auf die Tastatur, legt ihr Smartphone in die Tasche und wendet sich wieder mir zu. Da bin ich aber einer von wenigen, deren Hilferuf an die Ohren ihrer Mütter gelangt. Einige dieser süchtigen „Möchtegernmamas" lassen ihren Sprössling doch tatsächlich weiterschreien, nur um ihrer Sucht nachzugehen. Deshalb bin ich dafür, dass es einen Kinderwagenbeförderungs-schein für das Ausfahren mit dem Kind geben sollte, in dem wie beim Autofahren das Telefonieren strengstens verboten wird.

Zu Hause habe ich diese Unart bereits vergessen und vergnüge mich voller Freude mit meinem Vater Julian. Er ist ein ganz ein toller Vater, mit dem man jede Art von Blödsinn wunderbar machen kann.

Was mich allerdings an ihm stört, ist seine Anrede mir gegenüber: Knödel. Ja, er sagt zu mir mehrmals am Tag: „Mein lieber, kleiner, dicker, runder Knödel!"

Sagt man das zu seinem Sohn?

Sicherlich nicht, denn ich weiß ganz genau wie ein Knödel aussieht. Zudem gehört der in die Suppe oder auf den Teller und nicht ins Kinderzimmer.

Naja, diesen Spruch werde ich ihm aber schon noch austreiben. Mehr oder weniger aufregend vergehen die nächsten Tage und ich freue mich schon riesig auf meinen ersten Geburtstag. Von meinen kleinen

Freunden, die diesen Tag bereits gefeiert haben, wurde mir nur Gutes berichtet.

Mit großer Vorfreude gehe ich auf den 27. Januar 2021 zu. Was man nicht vergessen sollte, ist die Tatsache, dass Maria, Julian, Jutta und Lisa meine unterschiedlichen Weinlaute mittlerweile immer besser deuten können.

So haben sie bemerkt, dass ich Schmerzen habe, wenn beim Schreien Krokodiltränen kullern. Ein launenhaftes Weinen signalisiert ihnen meine Langeweile und ein Quengeln deutet auf ein Hunger- oder Durstgefühl hin. Mit dieser erfreulichen Erkenntnis beende ich ein schwieriges Jahr, das ich aber auf gar keinen Fall missen möchte, da ich doch so großartige Freunde in meinem Umfeld kennengelernt habe.